全国电子信息类职业教育系列教材

传感器实训教程

主编 刘 伟

参编 黄定明 蒋鸣雷 王茹香

东南大学出版社
·南京·

内容提要

本书主要讲述传感器的工作原理、特性、测量电路以及应用举例。首先介绍了传感器的有关概念、特性、分类及其发展趋势,其次分别介绍了应变式电阻传感器、电感式传感器、电容式传感器、压电式传感器、霍尔传感器、热电式传感器、光电式传感器、数字式传感器和其他新型传感器及其应用。本书共分 10 章,每章后均附有小结与习题,参考学时 50 学时(含实验)。

本书用简明的语言阐明了传感器的工作原理,减少了原理中复杂公式的推导,加强了实用性。添加了大量的传感器在实际生产、生活以及科研中的应用实例,使读者通过学习本书,能够掌握传感器的工作原理、特性,并能在实际中应用。

本书可作为高职、中职电子技术应用专业、数控及自动化专业、仪器仪表专业、机电一体化专业等课程的教材,也可作为机电工程技术人员的参考和自学用书。

图书在版编目(CIP)数据

传感器实训教程/刘伟主编—南京:东南大学出版社,2003.7(2008.8 重印)

ISBN 978 - 7 - 81089 - 245 - 2

Ⅰ. 传… Ⅱ. 刘… Ⅲ. 传感器-专业学校-教材
Ⅳ. TP212

中国版本图书馆 CIP 数据核字(2003)第 040073 号

东南大学出版社出版发行

(南京四牌楼 2 号 邮编 210096)

出版人:江 汉

江苏省新华书店经销　　　扬中市印刷有限公司印刷

开本:787mm×1092mm　1/16　印张:10　字数:250 千字

2003 年 7 月第 1 版　2008 年 8 月第 3 次印刷

ISBN 978 - 7 - 81089 - 245 - 2/TN · 5

印数:7001—8500 册　定价:19.00 元

出 版 说 明

全国电子信息类职业教育实训教材建设研讨会于 2002 年 12 月 12 日在辽宁省本溪市电子工业学校召开,历时 4 天。

与会代表通过了"全国电子信息类职业教育实训教材编委会组建意见",成立了"全国电子信息类职业教育实训教材编委会",确定出版首批"电子信息类职业教育实训系列教材"。

目前的职业教育教材还留有不少理论教育的影子,教育观念和培养模式相对滞后,片面强调知识灌输,教学活动与生产和生活实际联系不紧密,特别是对知识应用、创新精神和实践能力的培养重视不够,即使有职业教育教学改革愿望的学校,苦于没有合适的教材,也无法实现教学体制改革。为了更好地深化职业教育改革,满足广大职业技术教育院校教材建设的需求,编委会将首先从职业教育实训教材建设着手,利用 3 年的时间,出版一批高质量的职业教育实训教材。

与会代表认真地讨论了首批预选编写的教材,提出了教材的编写要求:立足当前学生现状,面向用人单位(市场),打破条条框框,少一些理论,多一些技能教育。采取逆向思维的方式编写,即从市场需要什么技能来决定学生需要什么知识结构,并由此决定编写什么教材。虽然第一批教材是个尝试,不一定能按要求编写出真正意义上的实训教材,但我们要求编写人员为此努力。要有创新思想,因为职业教育本来就是在探索中,教材建设也是任重而道远的事,需要老师们不断地探索,把自己最新的思想和教学实践体现在教材中。

参加教材编写的单位有:

山东信息职业技术学院	南京信息职业技术学院
福建省电子工业学校	长沙电子工业学校
扬州电子信息学校	山西省电子工业学校
河南信息工程学校	北京市电子工业学校
大连电子工业学校	锦州铁路运输学校
黑龙江省电子工业学校	新疆机械电子职业技术学院
本溪财贸学校	山西省邮电学校
宜昌市职业技术学院	山西省工程职业技术学院
四川省电子工业学校	哈尔滨机电工程学校
本溪市电子工业学校	

全国电子信息类职业教育实训教材编委会

2003 年 3 月

前　言

本书克服了以往教材原理过于繁复、实用技术内容少且单一的缺点,在内容上作了较大的改革,以适应目前职业教育的特点以及传感器技术发展的需求。

全书共分 10 章,参考学时 50 学时(含实验)。第 1 章介绍了传感器的基本概念及传感器的特性等有关内容,第 2~9 章分别介绍了应变式电阻传感器、电感式传感器、电容式传感器、压电式传感器、霍尔传感器、热电式传感器、光电式传感器和数字式传感器的工作原理、测量电路及实际应用。第 10 章主要介绍了生物传感器及气敏、湿敏、磁敏传感器的应用。

本书用简明的语言阐明了传感器的工作原理,减少了原理中复杂公式的推导,加强了实用性。添加了大量的传感器在实际生产、生活以及科研中的应用实例,每章后设有实训内容,使读者通过学习本书,能够掌握传感器的工作原理、特性,并能在实际中应用。

本教材面向职业技术院校的学生,同时,也是机电技术人员很好的自学参考读物。

本书 5、6、9、10 章由本溪市机电工程学校刘伟编写,1、2 章由湖北三峡职业技术学院黄定明编写,3、4 章由北京信息职业技术学院蒋鸣雷编写,7、8 章由山东信息职业技术学院王茹香编写。全书由刘伟统稿。2008 年 7 月本书做了局部改动,下一步将做全面修订,欢迎使用本书的老师参与修订,联系地址:erbian@seu.edu.cn

本书在编写过程中,得到了领导和同事们的热情帮助,并提出了许多宝贵的意见,在此表示衷心感谢。

由于时间仓促,编者水平有限,书中难免有些错误与不足,恳请广大读者批评指正。

编　者
2008 年 5 月

目　　录

1 传感器概论

在高度发达的现代社会中,科学技术的突飞猛进和生产过程的高度自动化已成为人所共知的必然趋势,而它们的共同要求是必须建立在不断发展与提高的信息工业基础上。人们只有从外界获取大量准确、可靠的信息后,经过一系列的科学分析、处理、加工与判断,进而认识、掌握自然界和科学技术中的各种现象与其相关的变化规律。工业生产过程的现代化面临的第一个问题是必须采用各种传感器来检测、监视和控制各种静态及动态参数,使设备或系统能正常运行并处于最佳状态,从而保证生产的高效率、高质量,所以进行信息采集的传感器技术是重要的基础。此后,才有后期的信息分析、处理、加工、控制等技术问题。当然,人们在早期是通过人体自身的感觉器官与外界保持接触,在一定程度上和一定范围内获得颇有意义与有限的重要信息,以维持与指导人类的正常生活和生产活动。例如人类的耳朵能听到声波在音频段的声音,但却听不到声波中的超低频段或超高频段的声音;又如人类的眼睛能视辨出自然光或白光中的主要光波颜色,但却无法辨别出红外光或紫外光。因而,多年来人们不仅研究出具有人类感觉器官上所具有的感觉功能的检测元件——传感器,而且还千方百计地开发出了人类感觉器官所不具备的感觉功能的传感器。

近30年来快速发展的 IC 技术与电子计算机技术,为传感器的高速发展提供了非常良好与可靠的科学技术基础,同时也提出了更高的要求。在近20年中,世界各国都将传感器技术列为尖端技术,尤其是在经济发达的美、英、德、俄、日等国,对传感器及其技术的发展更是倍加重视。由于现代生活中的人们已经认识到现代信息技术的三大基础是信息的采集、传输和处理技术,即传感器技术、通信技术与计算机技术分别构成了信息技术系统的"感官"、"神经"和"大脑",而信息采集系统的最前端就是传感器。现代通信技术与计算机技术已经达到高度发达的地步,所以,人们常说:"征服了传感器,就等于征服了科学技术"。美国在20世纪80年代就称其是传感器的时代;日本把十大技术之首定位于传感器;俄罗斯国防发展中的"军事航天"计划也把传感器技术列为重点;英、德、法等国也拨出专款来发展传感器技术;我国在"八五"规划中也把传感器技术列为重点发展技术和21世纪发展的高科技项目之一。鉴于我国对传感器的研究与发展较晚,基础较差,所以为了缩小差距,必须加速与促进我国传感器技术的发展。

传感器是探索与测量自然界各种参数的检测元件,有人曾通俗称其为"探头"(Probe),英语中还有"Sensor"(敏感元件)与"Transducer"(传感器)之称,我国有"传感器"、"换能器"与"变换器"之称。国际标准化组织(ISO)和日本工业标准"JIS-Z130"将传感器定义为"对应于被测量、能给出易于处理的输出信号的变换器"。实际上,能够完成两种量(光、热、电、力学量、机械量等)之间的变换或转换关系,都符合于传感器的定义范围。从目前实际应用情况看,鉴于目前电学及其器件与系统的高度发展,往往是传感器配用测量电路以后的输出量都是电学量,所以在一些资料与参考书中,将电量作为输出量的传感器称为电子传感器。

1.1　传感器的作用

随着现代科学技术的迅猛发展和生产过程的高度自动化以及人类生活质量的不断提高,以传感器－微机为核心的现代测试与控制系统正在越来越广泛地应用于航天、航空、兵器、舰船、交通运输、电力、冶金、机械制造、动力机械、化工、轻工、生物医学工程等领域。可以说,现代测试与控制系统已覆盖了国民经济中的第一、二、三产业的各个领域。日益发展的载人航天飞机、卫星以及现代化的多功能信息家用电器,无一不是使用传感器－微处理器或微机组成的测试与控制系统。以电阻应变式的负荷传感器组成的电子秤计量测试系统已是国内外公认的高精度、高可靠性的可室内外使用的标准计量器具,更是科学研究、工业生产自动化领域以及商品交换与流通领域的有力计量工具。所以说,测试技术与自动化控制技术的水平高低是衡量科学技术现代化的重要标志,而科学技术中很多新的发现与突破,或者说新兴交叉边缘学科的发展,都离不开传感器。现代传感器起着工业控制眼睛的作用已成为人们的共识。

现代测试与控制系统常常是以信息的流通过程来划分的,如图 1.1 所示的开环测试系统和图 1.2 所示的闭环测试系统。

在开环测试系统中,把二次仪表输出的连续变化的模拟电信号,经过模拟－数字变换器(A/D)转换成数字信号后,送入计算机完成信号的分析处理与加工,得到数字结果,以反映被测量对象的静态和动态物理属性的客观变化规律。若要得到形象的曲线等方式的描述结果,则可以再通过数字－模拟变换器(D/A)把电子计算机得到的数字结果转换为连续变化的模拟信号。

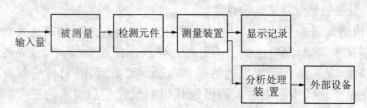

图 1.1　开环测试系统

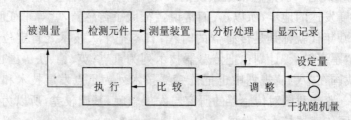

图 1.2　闭环测试系统

若是闭环测试与控制系统,则还需要把计算机分析、处理、加工后的结果返回到执行机构,实现对被测量对象的参数调整与控制,以达到优化的生产或变化过程的自动调节与控制。所以,现代的测量系统是综合多种科学技术实现测量、处理与控制的一体化的多功能、智能化的测试系统。随着传感器技术与微机技术以及网络信息技术的日益发展,将有力地推动与加速现代测试技术的发展。

传感器相当于人的感觉器官,它能将各种非电量(如机械量、化学量、生物量及光学量等)转换成电量,从而实现非电量的电测技术。在自动控制系统中,检测是实现自动控制的首要环节,没有对被控对象的精确检测,就不可能实现精确控制。如数控机床中的位移测量装置,是利用高精度位移传感器(光栅传感器或感应同步器)进行位移的测量,从而实现对零部件的精密加工。

目前,传感器的应用已十分广泛,在航空、航天、国防、交通运输、化工、轻工等方面大量地使用各种各样的传感器。

在工业生产中,由于传感器的大量使用,从而实现生产的自动化或半自动化,大大地减轻了工人的劳动强度,提高了产品的质量,降低了产品成本。在家用电器和医疗卫生方面,新颖的智能化产品不断涌现,使人们的生活越来越轻松舒适。总而言之,在信息技术不断发展的今天,传感器将会在信息的采集和处理过程中发挥出巨大的作用。

1.2　传感器的概念、组成及分类

传感器是一种能将被测的非电量转换为各种易于测量的电信号的部件。一般由敏感元件、转换元件和测量电路组成。

敏感元件相当于人的感觉器官,直接感受被测量并将其变换成与被测量成一定关系的易于测量的物理量,如位移、应变等。

转换元件也称传感元件,通常不直接感受被测量,而是将敏感元件输出的物理量转换成电量输出。

测量电路是将转换元件输出的电参量转换成易于测量的电参量,如电压、电流或频率等。

1.2.1　传感器的组成

一般地说,传感器由两个基本元件组成:敏感元件、转换元件。相对于传感器的转换作用而言,常称敏感元件为预变换器。因为在完成非电量到电量的变换过程中,并非所有的非电量参数都能一次直接变换为电量,往往是先变换成一种易于变换成电量的非电量(如位移、应变等);然后,通过适当的方法变换成电量。因而,人们将能够完成预变换的器件称为敏感元件。在传感器中,建立在力学结构分析上的各种类型的弹性元件(如梁、板等)常称为敏感元件,并统称为弹性敏感元件。而转换元件是能将感觉到的被测非电量参数转换为电量的器件,如应变计、压电晶体、热电偶等。当然,转换元件是传感器的核心部分,它是利用各种物理、化学、生物效应等原理制成的。新的物理、化学、生物效应的发现,常被应用到新型传感器上,使其品种与功能日益增多,应用领域更加广阔。

应该指出的是,并不是所有的传感器都包括敏感元件与转换元件,有一部分传感器不需要预变换作用的敏感元件,例如热敏电阻、光电器件等。此外,还有一部分传感器在采用先进工艺技术和材料后,能使敏感元件与转换合为一体,例如通过半导体材料集成的 IC 技术,便能使其合为整体的固态压力传感器。

1.2.2　传感器的分类

传感器的输出量 y 与输入量 x 的函数关系 $y=f(x)$ 称为变换函数,它表示传感器的输入-输出特性。但传感器在实际测量应用中,传感器的输入量除了被测量 x 以外,还有被测对象与测量环境的许多干扰量,如温度、湿度、噪声、振动、电磁感应等。所以,传感器的变换函数是一元函数,仅是一种理想状态。严格地说,它应该是多元函数 $y=f(x_1, x_2, \cdots, x_n)$。为此,选用传感器时,传感器要近似满足 $y=f(x)$ 的单值对应关系,这就要求必须考虑到具有选择性能的转换元件和配用相应的传感器电路,使被测量以外的各种干扰量对传感器输出量的影响限制在最低的水平,才能保证传感器有足够的测量精度和良好的稳定性。

转换元件的物理特性的内在规律或者它所依据的物理、化学、生物效应是设计传感器的理论基础。因而,按不同的方法对传感器进行分类,将有助于从总体上来认识和掌握传感器的原理、性能与应用。

传感器可以按不同的方法进行分类。

1) 按被测量分类

根据被测量可分为加速度传感器、速度传感器、位移传感器、压力传感器、负荷传感器、扭矩传感器、温度传感器等。这种分类方法对于用户与生产单位来说是一目了然的。但是,这种分类方法的弊病造成了传感器名目繁多,又把原理互不相同的同一用途的传感器归为一类,这就很难找出各种传感器在转换原理上的共性与差异,难于建立起对传感器的基本概念,不利于掌握传感器的原理与性能的分析方法。

2) 按传感器的工作原理分类

这种分类方法是以传感器的工作原理为依据的,可分为电阻应变式、压电式、电容式、涡流式、动圈式、电磁式、差动变压器式等。这种分类方法的优点是可以避免传感器的名目繁多,使传感器的划分类别较少,并有利于传感器专业工作者对传感器的工作原理与设计归纳性的分析研究,使设计与应用更具有合理性与灵活性,但其缺点是会使对传感器不够了解的用户感到使用不方便。

3) 按能量的传递方式分类

从能量观点来看,所有的传感器可分为有源传感器与无源传感器两大类。前者把传感器视为一台微型发电机,能将非电功率转换为电功率,它所配用的测量电路通常是信号放大器。所以,有源传感器是一种能量变换器,如压电式、热电式(热电偶)、电磁式、电动式等。在有源传感器中,有些传感器的能量转换是可逆的,另一些是不可逆的,并且有些有源传感器通常附有力学系统,只能用在接触式的测量中,如压电式加速度传感器。这类传感器不具有直流响应,只能用于动态测量中,如温度传感器中的热电偶,它是利用两种不同金属的温差所产生的电势进行测量的。无源传感器不进行能量的转换,被测的非电量仅对传感器中的能量起着控制或调节的作用,所以,它必须具有辅助能源(电源),例如电阻、电容、电感式传感器等,遥感技术中的微波、激光等传感器可以归结为此类。无源传感器本身并不是一个信号源,所以,它所配用的测量放大器与有源传感器不一样,通常是电桥电路或谐振电路,并且无源传感器具有直流响应,一般不配力学系统,因而适用于静态和动态测量,有时还可以用在非接触的测量场合。

4) 按输出信号的性质分类

可分为模拟传感器与数字传感器两大类。模拟传感器要通过 A/D 变换器才能应用电子计算机进行信号分析加工与处理;数字式传感器则直接可送到电子计算机进行处理。

1.3 传感器的基本特性

传感器的种类繁多,测量参数、用途各异,其性能参数也各不相同。一般产品给出的性能参数主要是静态特性和动态特性。所谓静态特性,是指被测量不随时间变化或变化缓慢情况下,传感器输出值与输入值之间的关系,一般用数学表达式、特性曲线或表格来表示。动态特性是反映传感器随时间变化的响应特性。动态特性好的传感器,其输出量随时间变化的曲线与被测量随时间变化的曲线相近。一般产品只给出响应时间。

传感器的主要特性参数有:

(1) 测量范围(量程)

量程是指在正常工作条件下传感器能够测量的被测量的总范围,通常为上限值与下限值之差。如某温度传感器的测量范围为$-50\ ℃\sim +300\ ℃$,则该传感器的量程为 $350\ ℃$。

(2) 灵敏度

传感器的灵敏度是指传感器在稳态时输出量的变化量与输入量的变化量的比值。通常用 K 表示。对于线性传感器,传感器的校准直线的斜率就是灵敏度,是一个常量。而非线性传感器的灵敏度则随输入量的不同而变化,在实际应用中,非线性传感器的灵敏度都是指输入量在一定范围内的近似值。传感器的灵敏度越高,信号处理就越简单。

(3) 线性度(非线性误差)

在稳态条件下,传感器的实际输入、输出特性曲线与理想直线之间的不吻合程度,称为线性度或非线性误差,通常用实际特性曲线与理想直线之间的最大偏差 Δ_{1max} 与满量程输出值 y_{FS} 之比的百分数来表示,如图 1.3 所示。该系统的线性度 γ_L 为

$$\gamma_L = \pm\frac{\Delta_{1max}}{y_{FS}} \times 100\ \% \tag{1.1}$$

(4) 不重复性

不重复性是指在相同条件下,传感器的输入量按同一方向作全量程多次重复测量,输出曲线的不一致程度。通常用 3 次测量输出曲线之间的最大偏差 Δ_{2max} 与满量程输出值 y_{FS} 之比的百分数表示,如图 1.4 所示,1、2、3 分别表示 3 次所得到的输出曲线,它是传感器总误差中的一项。

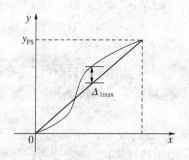

图 1.3　传感器的线性度(非线性误差)

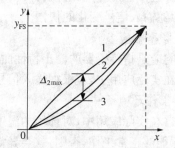

图 1.4　传感器的不重复性

(5) 滞后(迟滞误差)

迟滞现象是传感器正向特性曲线(输入量增大)和反向特性曲线(输入量减小)的不重合程度,通常用 γ_H 表示,如图 1.5 所示。

$$\gamma_{Hmax} = \frac{\Delta_{3max}}{y_{FS}} \times 100\ \% \tag{1.2}$$

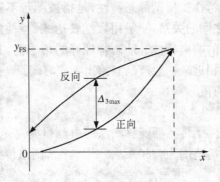

图 1.5　传感器的迟滞现象

（6）精确度

精确度也称精度,它是非线性误差、不重复性及迟滞 3 项指标的综合指数,反映了系统误差和随机误差的综合指标。如果非线性误差、不重复性及迟滞已知,则通过误差合成的方法可求出精确度。

（7）零点时间漂移

传感器在恒定的温度环境中,当输入信号不变或为 0 时,输出信号随时间变化的特性,称为传感器零点时间漂移,简称零漂。一般按 8 h 内输出信号的变化来度量。

（8）零点温度漂移

当输入信号不变或为 0 时,传感器的输出信号随温度变化的特性,称为传感器零点温度漂移,简称温漂。一般常用环境温度变化 10 ℃ 所引起的输出变化量与传感器最大输出量的百分比来表示。在实际应用中,一定要考虑环境温度对传感器的影响。由于温漂的影响,传感器的灵敏度也会随温度的变化而变化。

（9）响应速度

响应速度是反映传感器动态特性的一项重要参数,是传感器在阶跃信号作用下的输出特性。它主要包括上升时间、峰值时间及响应时间等,反映了传感器的稳定输出信号（在规定误差范围内）随输入信号变化的快慢。

（10）频率响应

频率响应是指传感器的输出特性曲线与输入信号的频率之间的关系,包括幅频特性和相频特性。在实际应用中,应根据输入信号的频率范围来确定适合的传感器。

（11）工作环境条件

传感器在实际应用中,对环境的温度和湿度都有一定的要求。在规定的温度和湿度条件下,传感器能够正常工作,否则,就会异常。因此,在使用传感器时,一定要考虑环境条件。

1.4　传感器的发展方向

（1）采用新技术、新材料

传感器工作的基本原理是建立在人们不断探索与发展各种新的物理现象、化学效应和生物效应以及具有特殊物理、化学特性的功能材料的基础上的。因而,发现与应用新的现象、反应、材料与研制新颖的特性与功能的材料是现代传感器的重要基础,其意义也极为深远。例如日本夏普公司利用超导技术研制成功的高温超导磁传感器,该传感器在温度为 80 K 时呈超导状态。可以说超导磁传感器的出现是传感器技术的重大突破,其灵敏度比霍尔器件的高,仅低于超导量子干涉器件,而其制造工艺远比超导量子干涉器件的简单,并可用于磁成像技术等领域。又如人造的陶瓷传感器材料可在高温环境中使用,弥补了半导体传感器材料难于承受高温的弊病。而另有不少有机材料的特殊功能特性,也和陶瓷材料一样,越来越受到高度重视。

（2）微型化

人们在工程、生活和医学领域中,越来越要求传感器的微型化。目前的微机械加工技术已获得高速发展,有氧化、光刻、扩散、沉积等传统的微电子技术,还发展了平面电子工艺技术、各向异性腐蚀、固相键合工艺和机械分断技术等新型微加工技术,都为新的微型传感器的研制开发提供了良好的条件。例如采用平面电子工艺技术制作的快速响应的传感器,已用于检测 NH_3 和 H_2S 的快速响应变化;又如利用各相异性腐蚀技术进行的高精度三维加工,在细小的硅片上构成孔、沟、棱锥、半球等各种形状的微机械元件。为此,日本横河公司制作了高质量的全硅谐振式压力传感器,其品质因素 Q 值达到 $5×10^5$,稳定度为 $10^{-6}℃$;再如固相键合工艺是将 2 个硅片直接键合在一起,不用中间粘接剂,也不加电场,只需要表面活化处理,在室温下 2 个热氧化硅片面对面接触,经过一定温变退火,就可以使 2 个硅片键合在一起。美国诺瓦公司(Nova Corp)利用这种工艺研制的 0.40 mm×0.90 mm×0.15 mm 微型压力传感器,能够承受高达 400 ℃的温度环境。

（3）集成化

集成传感器是新型传感器重要的发展方向之一,随着微加工技术的不断提高,可将敏感元件、测量电路、放大器及温度补偿元件等集成在一个芯片上。它不仅具有体积小、重量轻、可靠性高、响应速度快、稳定等特点,而且便于批量生产,成本较低。

在各种半导体材料中,以硅为基底材料的集成传感器发展最快。硅集成传感器是利用硅本身的物理效应与其平面技术相结合的产品。例如集成温度传感器、霍尔集成电路及扩散硅压力传感器等。

采用集成传感器可简化电路设计、减小产品体积、便于安装调试、提高可靠性并降低成本,因此,很多传感器都向集成方向发展,并已广泛应用于汽车、家用电器、医疗卫生及航空航天技术中。

（4）数字化、多功能化和智能化

在今后的传感器技术发展中,数字化、多功能与智能化是传感器在信息社会中重要的发展特征。在航天工业的火箭、卫星运行及太空探测工作过程中,传感器数字化、多功能与智能化已是人所共知的基本要求。如日本丰田研究所开发的多离子传感器,芯片尺寸只有2.5 mm×0.5 mm,仅用一滴血液就能同时快速检测出 NA^+,K^+ 和 H^+ 的浓度;又如美国霍尼威尔公司的ST－3000 型智能传感器,它是一种带有信息处理功能的传感器,其芯片尺寸仅为3.0 mm×4.0 mm×0.2 mm,它采用离子注入等半导体工艺在同一芯片上制作差压、静压和湿度等 3 种敏感元件,每一部分都有一个专用的 EPROM 用于存储其特性数据,可供三维补偿。这种智能传感器具有如下特点:

① 有着比一般传感器高出 2 个数量级的量程,即可覆盖多台传感器的量程。

② 高精度,可在万分之几到千分之一之间,并具有高稳定性。

③ 有较高的温度与静压特性,在工作温度为－40 ℃～110 ℃的静压为 0～21MPa。

④ 可远距离设定与调整量程、阻尼系数和选择检测单位。

⑤ 能自诊断和自动选定合适量程,可用于压力波动的场合下测量。

本章小结

在科学技术迅速发展的今天,非电量电测技术已经成为各个领域、特别是自动测量和自动控制系统中必不可少的组成部分,而使非电量电测技术得以实现的传感器技术无疑成为这些系统的关键。传感器是利用物理、化学、生物等学科的某些效应或原理按照一定的制造工艺研制出来的,由某一原理设计的传感器可以测量多种参量,而某一参量可以用不同的传感器测量。因此,传感器可以按不同的方法分类,可以按被测量来分,也可按工作原理来分,各有所长。在实际应用中,传感器的命名通常用工作原理与被测量合成命名,如扩散硅压力传感器。传感器的特性有静态特性和动态特性之分,静态特性主要有线性度、灵敏度、不重复性、温漂及零漂等,而动态特性主要考虑它的幅频特性和相频特性,通常只给出响应时间。

习题 1

(1) 什么是传感器? 它由哪几部分组成? 它在自动控制系统中起什么作用?

(2) 传感器有哪几种分类方法? 实际应用中,传感器是如何命名的?

(3) 传感器的静态特性参数有哪些?

(4) 某传感器的输入、输出特性为 $f(x) = 2x^3 + 3x + 5$,试求出该传感器的灵敏度。

(5) 集成传感器有何优点?

2　应变式电阻传感器及其应用

2.1　应变式电阻传感器原理、测量电路及使用注意事项

应变式电阻传感器主要用来测量力、气体（液体）压力。在力（压力）的测量过程中，要借助于力敏元件，也叫弹性元件，将力变换成易于测量的位移或应变（变形），然后利用转换元件将力变换成电参量。图 2.1 为力传感器的测量示意图

图 2.1　力传感器的测量示意图

2.1.1　弹性敏感元件

所谓弹性敏感元件，是一种在力的作用下产生变形，当力消失后能够恢复原来状态的元件。弹性敏感元件是一种非常重要的传感器部件，应具有良好的弹性、足够的精度，且具有良好的稳定性和抗腐蚀性。常用的材料有弹性钢、合金等。

1）弹性敏感元件的主要特性参数

（1）刚度

刚度是弹性元件在外力作用下变形大小的量度，一般用 k 表示，即

$$k = \frac{\mathrm{d}F}{\mathrm{d}x} \tag{2.1}$$

式中，F 为作用在弹性元件上的外力；x 为弹性元件的变形量。

（2）灵敏度

灵敏度是指弹性敏感元件在单位力的作用下产生变形的大小，它为刚度的倒数，用 K 表示，即

$$K = \frac{\mathrm{d}x}{\mathrm{d}F} \tag{2.2}$$

（3）弹性滞后

弹性元件的加载特性曲线与卸载特性曲线的不重合程度，称为弹性滞后。它是应变式传感器测量误差之一。这主要由于弹性元件分子间存在内摩擦造成的。

（4）弹性后效

当载荷从某一数值变化到另一数值时，弹性元件的变形不是立即完成的，而是经一定的时间间隔后逐渐完成变形的，这种现象称为弹性后效。由于弹性后效的存在，弹性敏感元件的变形始终不能迅速地跟上力的变化，在动态测量时将引起测量误差。造成这一现象的原因是由

于弹性敏感元件中的分子间存在内摩擦。

（5）固有频率

弹性敏感元件都有自己的固有振荡频率,它将影响传感器的动态特性。传感器的工作频率应避开弹性敏感元件的固有振荡频率,往往希望固有振荡频率越高越好。

实际选用或设计弹性敏感元件时,若遇到上述特性矛盾的情况,则应根据测量的对象和要求综合考虑。

弹性敏感元件在形式上可分为两大类:力转换为应变或位移的变换力的弹性敏感元件、压力转换为应变或位移的变换压力的弹性敏感元件。

2）变换力的弹性敏感元件

这类弹性敏感元件大多采用等截面柱式、等截面薄板、悬臂梁及轴状等结构。图2.2所示为几种常见的变换力的弹性敏感元件结构。

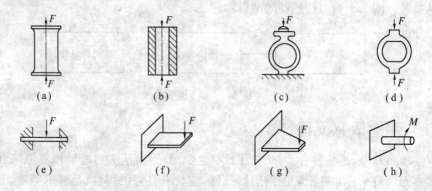

图 2.2　常见的变换力的弹性敏感元件

（1）等截面圆柱式

等截面圆柱式弹性敏感元件,根据截面形状可分为实心圆截面形状及空心圆截面形状等。它们结构简单,可承受较大的载荷,便于加工。实心圆柱形可测量大于 10 kN 的力,而空心圆柱形的只能测量 10 kN 以下的力。

（2）圆环式

圆环式弹性敏感元件比圆柱式弹性敏感元件输出的位移量大,因而具有较高的灵敏度,适用于测量较小的力。但它的工艺性较差,加工时不易得到较高的精度。由于圆环式弹性敏感元件各变形部位应力不均匀,采用应变片测力时,应将应变片贴在其应变最大的位置上。

（3）等截面薄板式

等截面薄板式弹性敏感元件厚度比较薄,故又称它为膜片。当膜片边缘固定、膜片的一面受力时,膜片产生弯曲变形,因而产生径向和切向应变。在应变处贴上应变片,就可以测出应变量,从而可测得作用力的大小。也可以利用其变形所产生的挠度组成电容式或电感式力或压力传感器。

（4）悬臂梁式

它一端固定,另一端自由,结构简单,加工方便,应变和位移较大,适用于测量 1～5 kN 的力。悬臂梁分为截面悬臂梁和变截面等强度悬臂梁。等截面悬臂梁在受力时,其上表面受拉伸,下面受压缩,由于表面各部位的应变不同,所以应变片要贴在合适的部位,否则将影响测量的精度。由于变截面等强度悬臂梁厚度相同,但横截面不相等,因而沿梁长度方向任一点的应变能力都相等,这给贴放应变片带来了方便,也提高了测量精度。

3）变换压力的弹性敏感元件

这类弹性敏感元件常见的有弹簧管、波纹管和薄壁圆筒等，它可以把流体产生的压力变换成位移量输出。

（1）弹簧管

弹簧管又叫布尔登管，它是弯成各种形状的空心管，但使用最多的是 C 形薄壁空心管，管子的截面形状有许多种。C 形弹簧管的一端封闭但不固定，成为自由端，另一端连接在管接头上且被固定。当液体压力通过管接头进入弹簧管后，在压力的作用下，弹簧管的横截面力图变成圆形截面，截面的短轴力图伸长。这种截面形状的改变导致弹簧管趋向伸直，一直伸展到管弹力与压力的作用相平衡为止。这样弹簧管自由端便产生了位移。

弹簧管的灵敏度取决于管的几何尺寸和管子材料的弹性模量。和其他压力弹性元件相比，弹簧管的灵敏度要低一些，因此常用作测量较大压力。C 形弹簧管往往和其他弹性元件组成压力弹性敏感元件一起使用。

使用弹簧管时应注意以下两点：

① 静止压力测量时，不得高于最高标称压力值的 2/3，变动压力测量时，要低于最高标称压力值的 1/2。

② 对于腐蚀性流体等特殊测量对象，要了解弹簧管使用的材料能否满足使用要求。

（2）波纹管

波纹管是有许多同心环状皱纹的薄壁圆管，波纹管的轴向在液体压力作用下极易变形，有较高的灵敏度。在形变允许范围内，管内压力与波纹管的伸缩力呈正比关系，利用这一特性，可以将压力转换成位移量。

波纹管主要用作测量和控制压力的弹性敏感元件，由于其灵敏度高，在小压力和压差测量中使用较多。

（3）薄壁圆筒

薄壁圆筒弹性敏感元件的壁厚一般小于圆筒直径的 1/20，当筒内腔受压后筒壁均匀受力，并均匀地向外扩张，所以在筒壁的轴线方向产生位移和应变。薄壁圆筒弹性敏感元件的灵敏度取决于圆筒的半径和壁厚，与圆筒长度无关。

2.1.2　应变式电阻传感器原理及测量电路

应变式电阻传感器是借助于弹性元件，将力的变化转换为变形，然后利用导体的应变效应，将力转变成电阻的变化，最终利用测量电路得到被测量（力）的电信号。应变式电阻传感器主要包括弹性元件、电阻应变片及测量电路。

1）电阻应变片的结构及工作原理

（1）结构

电阻应变片的结构如图 2.3 所示。合金电阻丝以曲折形状（栅形）用粘接剂粘贴在绝缘基片上，两端通过引线引出，丝栅上面再粘贴一层绝缘保护膜。把应变片贴于被测变形物体上，敏感栅随被测物体表面的变形而使电阻值改变，只要测出电阻的变化就可得知变形量的大小。电阻应变片主要分为金属应变片和半导体应变片，常见的金属应变片有丝式、箔式和薄膜式 3 种，如图 2.4 所示。半导体应变片是在硅上利用扩散技术形成电阻，将在 2.4 节中详细介绍。

由于应变片具有体积小、灵敏度高、使用简便、可进行静态和动态测量，因此广泛用于力、压力、位移和加速度等的测量。随着新工艺、新材料的使用，高灵敏度、高精度的电阻应变片不断出现,测量范围不断扩大。电阻应变式传感器广泛应用于机械加工、石油化工等行业中。

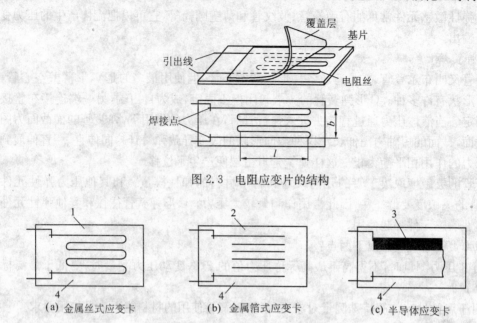

图 2.3 电阻应变片的结构

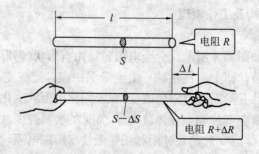

(a) 金属丝式应变卡   (b) 金属箔式应变卡   (c) 半导体应变卡

图 2.4 电阻应变片的种类

1—电阻丝;2—金属箔;3—半导体 ;4—基片

(2) 应变效应

导体或半导体受外力作用变形时,其电阻值也将随之变化,这种现象称为"应变效应"。

设有一金属导体,长度为 l,截面积为 S,电阻率为 ρ,则该导体的电阻 R 为:

$$R = \rho \frac{l}{S}$$

如图 2.5 所示,当金属导体受到拉力作用时,长度将增加 Δl,截面积将缩小 ΔS,从而导致电阻增加 ΔR,这样,导体的电阻变为 $R + \Delta R$。通过推导,可以得出导体电阻的相对变化量为:

$$\frac{\Delta R}{R} \approx K \frac{\Delta l}{l} \approx K\varepsilon \tag{2.3}$$

式中,$\varepsilon = \Delta l / l$ 称为纵向应变;K 为金属导体的应变灵敏度。

图 2.5 金属丝的应变效应

金属应变片的灵敏度主要与导体的几何尺寸有关,近似等于 2,如果没有特别说明,一般 $K=2$。半导体应变片的灵敏度主要与半导体材料有关,并且远远大于金属应变片的灵敏度。

2) 测量电路

为了检测应变片电阻的微小变化,需通过测量电路把电阻的变化转换为电压或电流后由仪表读出。在应变式电阻传感器中最常用的转换电路是桥式电路。按输入电源性质的不同,桥式电路可分为交流电桥和直流电桥两类。在大多数情况下,采用的是直流电桥电路。下面以直流电桥为例分析其工作原理及特性。

图 2.6(a)是直流电桥的基本电路示意图。在未施加作用力时,应变为 0,此时桥路输出电压 U_o 也为 0,即桥路平衡。由桥路平衡的条件可知,应使 4 个桥臂的初始电阻 R_1、R_2、R_3 和 R_4 满足 $R_1R_3=R_2R_4$,或 $R_1/R_2=R_4/R_3$,通常取 $R_1=R_2=R_3=R_4$,即全等臂形式。

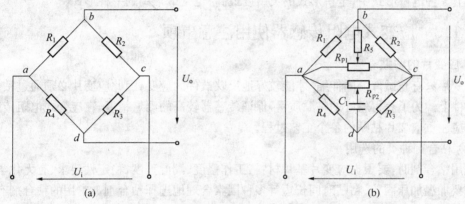

图 2.6　电桥电路

桥路工作时输入电压 U_i 保持恒定不变。当 4 个桥臂电阻的变化值 ΔR 远小于初始电阻、且电桥负载电阻为无穷大时,电桥的输出电压 U_o 可近似用下式表示:

$$U_o = \frac{R_1R_2}{(R_1+R_2)^2}\left(\frac{\Delta R_1}{R_1} - \frac{\Delta R_2}{R_2} + \frac{\Delta R_3}{R_3} - \frac{\Delta R_4}{R_4}\right)U_i \tag{2.4}$$

由于 $R_1=R_2=R_3=R_4$,故上式可变为:

$$U_o = \frac{U_i}{4}\left(\frac{\Delta R_1}{R_1} - \frac{\Delta R_2}{R_2} + \frac{\Delta R_3}{R_3} - \frac{\Delta R_4}{R_4}\right) \tag{2.5}$$

由式(2.3)可知,$\Delta R/R = K\varepsilon_x$,其中 K 为电阻应变片的灵敏度;ε_x 为轴向应变。则式(2.5)可写成:

$$U_o = \frac{U_i}{4}K(\varepsilon_1 - \varepsilon_2 + \varepsilon_3 - \varepsilon_4) \tag{2.6}$$

根据应用要求的不同,可接入不同数目的电阻应变片,一般分为下面几种形式的电桥:

(1) 双臂半桥形式

R_1、R_2 为应变片,R_3、R_4 为普通电阻(其阻值不变化,即 $\Delta R_3 = \Delta R_4 = 0$),则式(2.6)变为:

$$U_o = \frac{U_i}{4}\left(\frac{\Delta R_1}{R_1} - \frac{\Delta R_2}{R_2}\right) = \frac{U_i}{4}K(\varepsilon_1 - \varepsilon_2) \tag{2.7}$$

（2）单臂半桥形式

R_1 为应变片，其余各桥臂为普通电阻，则式（2.6）变为：

$$U_。 = \frac{U_i}{4} \frac{\Delta R_1}{R_1} = \frac{U_i}{4} K\varepsilon_1 \qquad (2.8)$$

由于单臂半桥形式电桥受温度影响较大，在实际应用中，为消除温度的变化对桥路输出的影响，往往把固定电阻 R_2 换成应变片，因此实际上就成了双臂半桥形式。

（3）全桥形式

电桥的 4 个桥臂都为应变片，则其输出电压公式就是式（2.6）。

实际应用中，往往使相邻两应变片处于差动工作状态，即一片感受拉应变，另一片感受压应变，这样一方面可以提高灵敏度，同时也可以减小非线性误差。

以上 3 种电桥形式中，全桥形式的灵敏度最高，也是最常用的一种形式。

2.1.3　应变式电阻传感器使用注意事项

1）应变片的粘贴

应变片只有与试件一同伸缩，才能较好地反映试件的应变，因此应变片必须通过粘合剂粘贴在试件上。为了获得较好的粘贴质量，保证传感器较高的测量精度，在应变式电阻传感器的使用中应注重应变片粘贴的各个工艺过程。

（1）粘合剂种类的选用

选用粘合剂时，要根据应变片基片材料、工作温度、潮湿程度、稳定性要求、有无化学腐蚀、是否需要加温加压固化、粘贴时间长短等多种因素合理地选择粘合剂。常用的粘合剂有 α-氰基丙烯酸粘合剂（502 胶水）和环氧树脂等。

（2）试件的表面处理

为了保证一定的粘合强度，必须将试件表面处理干净，清除杂质、油污及表面氧化层等。粘贴表面应保持平整，表面光滑。最好在表面打光后，采用喷沙处理。处理面积约为应变片的 3～5 倍。

（3）确定贴片位置

在应变片上标出敏感栅的纵、横向中心线，在试件上按照测量要求划出中心线。精密的传感器可以用光学投影的方法来确定贴片位置。

（4）应变片的粘贴

首先用溶剂清洗试件表面，有条件的可采用超声清洗，应变片的底面也要用溶剂清洗干净；然后在试件表面和应变片的底面各涂一层薄而均匀的粘合剂，将应变片贴在划线位置处。贴片后，在应变片上盖一张聚乙烯塑料薄膜并加压，将多余的胶水和气泡排出。加压时要注意防止应变片错位。

（5）固化

应变片贴好后，根据所使用的粘合剂的固化工艺要求进行固化处理。

（6）粘贴质量的检查

检查粘贴位置是否正确，粘合层是否有气泡和漏贴，敏感栅是否有短路或断路现象，以及敏感栅的绝缘性能等。

（7）引线的焊接与防护

检查合格后，即可焊接引出线。引出线要适当地加以固定，以防止导线摆动时折断应变片的引线。应在应变片上涂一层防护胶,以防止大气对应变片的侵蚀,保证应变片长期工作的稳定性。

2)实际应用中电桥电路的调零

即使是相同型号的电阻应变片,其阻值也有细小的差别,图 2.6(a)所示电桥的 4 个桥臂电阻不完全相等,桥路可能不平衡(即有电压输出),这必然会造成测量误差。针对这种情况,在应变式电阻传感器的实际应用中,总是采用在原基本电路基础上加调零电路,尽量减小测量误差。

加装调零电路的电桥如图 2.6(b)所示,调节电位器 R_{P1},最终可以使电桥趋于平衡,U_o 被预调到 0。这个过程称为电阻平衡调节或直流平衡调节。图中 R_5 是用于减小调节范围的限流电阻。

当采用交流电桥时,由于应变片引线电缆分布电容的不一致性将导致电桥的容抗及相位的不平衡。这时,即使电阻已调节平衡了,U_o 仍然会有输出。R_{P2} 及 C_1 用来调节容抗,从而使电路达到平衡。这个过程称为交流平衡调节或电容平衡调节。

3)传感器的温度补偿

应变式电阻传感器在实际应用中,如果不采取一些补偿措施,温度的变化对传感器输出值的影响是比较大的,必将产生较大的测量误差。在应变式电阻传感器中常采用桥路自补偿法。

当桥路是双臂半桥或全桥形式时,电桥相邻两臂的电阻随温度变化的幅度和方向均相同,可以相互抵消,从而达到桥路温度自补偿的目的。这种补偿方式就称为桥路自补偿法。

在双臂半桥电路中,设温度变化前,应变片由应变引起的电阻变化量为 $\Delta R_{1\varepsilon}$、$\Delta R_{2\varepsilon}$,则电桥输出为:

$$U_o = \frac{U_i}{4}\left(\frac{\Delta R_{1\varepsilon}}{R_1} - \frac{\Delta R_{2\varepsilon}}{R_2}\right)$$

假设温度变化后,应变片所受应变不变,由温度引起的电阻变化量为 ΔR_{1t}、ΔR_{2t}。则此时桥路输出电压 U_o' 为:

$$U_o' = \frac{U_i}{4}\left(\frac{\Delta R_{1\varepsilon} + \Delta R_{1t}}{R_1} - \frac{\Delta R_{2\varepsilon} + \Delta R_{2t}}{R_2}\right)$$

由于两应变片的规格完全相同,又处于同一个温度场,因此 $R_1 = R_2$、$\Delta R_{1t} = \Delta R_{2t}$。代入上式,$\Delta R_{1t}$、$\Delta R_{2t}$ 项相互抵消,因此,$U_o' = U_o$。即表示温度变化对电桥输出没有影响。

另外两个桥臂上的普通电阻受温度变化影响产生的电阻变化值也可以相互抵消。

同样可以证明,当温度变化时,全桥形式的电路上各电阻变化值也相互抵消,因而不会造成影响。

当然,即使各应变片规格完全相同,桥臂上的各普通电阻型号一样,实际应用中,它们之间仍存在或多或少的差异,故温度的影响无法完全消除,但其值很小,可以忽略。

2.2 应变式电阻荷重传感器及其应用

应变式电阻传感器具有体积小、价格便宜、精度高、线性好、测量范围大、数据便于记录、处理和远距离传输等优点,因而广泛应用丁工程测量及科学实验中。

2.2.1 应变式电阻荷重传感器

应变式电阻荷重传感器是一种应用于测力和称重等方面的应变式电阻传感器。如图 2.7 所示的 BHR-4 型应变式电阻荷重传感器,其结构主要由电阻应变片、钢制圆筒(等截面轴)和测量转换电路组成,以等截面轴为弹性敏感元件。

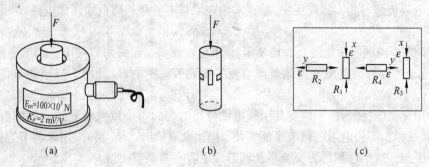

图 2.7　BHR-4 型应变式电阻荷重传感器

钢制圆筒在受到沿轴向的压力时,会产生轴向压应变和径向拉应变。设钢制圆筒的有效截面积为 A,泊松比为 μ,弹性模量为 E,4 片特性相同的应变片贴在圆筒外表面并接成全桥形式,如果外加荷重为 F,则传感器输出为:

$$U_o = \frac{U_i}{4} K(\varepsilon_1 - \varepsilon_2 + \varepsilon_3 - \varepsilon_4)$$

图中,应变片 1、3 感受的是圆筒的轴向应变,即 $\varepsilon_1 = \varepsilon_3 = \varepsilon_x$;应变片 2、4 感受的是圆筒的径向应变,即 $\varepsilon_2 = \varepsilon_4 = \varepsilon_y = -\mu\varepsilon_x$,代入上式可得:

$$U_o = \frac{U_i}{2} K(1+\mu)\varepsilon_x = \frac{U_i}{2} K(1+\mu) \frac{F}{AE} \tag{2.9}$$

从上式可知,输出 U_o 正比于荷重 F,即 $U_o = K'F$,其中 $K' = \frac{U_i}{2AE} K(1+\mu)$。实际应用中,荷重传感器的铭牌上均标出灵敏度 K_F,以及满量程 F_m(如图 2.7(a)所示),并把荷重传感器的灵敏度 K_F 定义为

$$K_F = \frac{U_{om}}{U_i} \tag{2.10}$$

式中,U_i 为传感器中电桥输入电压,单位为 V;U_{om} 为传感器满量程时的输出,单位为 mV。因此荷重传感器的灵敏度以 mV/V 为单位。

由于在荷重传感器的额定工作范围内,输出电压 U_o 与被测荷重 F 成正比,所以有:

$$\frac{U_o}{U_{om}} = \frac{F}{F_m} \tag{2.11}$$

综合式(2.10)和(2.11),可得到在被测荷重为 F 时的传感器输出电压 U_o 为:

$$U_o = \frac{F}{F_m} U_{om} = \frac{K_F U_i}{F_m} F \tag{2.12}$$

BHR-4 型荷重传感器具有结构简单、测量可靠等特点,有一定的抗冲击能力,结构简单,精度高,并具有良好的静态、动态特性,广泛应用于称重系统中。表2.1列出了它的一些特性参数值。

表2.1　BHR-4型应变式电阻荷重传感器的特性参数值

特 性 参 数	指　标　值
测量范围	可达100 t
非线性、滞后、重复性误差	均≤0.5% 满量程
输出灵敏度	>2 mV/V
分辨能力	额定载荷的0.01%
温度对零点的影响	0.01%
输出阻抗与供桥电压	480 Ω、16 V
适应环境温度	-10~+50 ℃

应变式电阻荷重传感器还有许多结构形式,例如QS-1型桥式和BK-2S型等。QS-1型桥式称重传感器采用两端支撑、中间受力,传力组件采用压头、钢球结构,可自动复位。抗侧向力、冲击性好,密封可靠,长期稳定性好,安装、调试方便,并具有良好的互换性。其额定载荷可达50 t,灵敏度为(2.0±0.01)mV/V,滞后、重复性与非线性误差均为±0.02%满量程,适用温度范围为-20~ +60 ℃,允许过负荷150%满量程。

2.2.2　应变式电阻传感器在电子衡器中的应用

1)传感器在商用电子秤中的应用

(1)概述

自1983年以来,日本和制衡株式会社生产、我国东昌电子衡器厂组装的商用电子计价秤在国内各大城市得到了日益广泛的使用。这种以电阻应变式称重传感器为转换部件的计价秤,已逐渐在国内取代传统的机械式案秤和光栅式码盘秤。这种电阻应变式计价用称重传感器的误差已可做到小于满量程的0.02%。所以,电子计价秤已完全符合国际商用秤2 500分度的精度要求。目前,3 000分度的电子计价秤已属一般产品;不少先进国家已制成了5 000~6 000分度的电子计价秤等。

电阻应变式电子秤精度高、反应速度快、结构紧凑、抗振抗冲击性强,能广泛应用于商业计价秤、邮包秤、医疗秤、计数秤、港口秤、人体秤及家用厨房秤。

电子计价秤在秤台结构上的一个显著特点是:一个相当大的秤台,只在中间装置一只专门设计的传感器来承担物料的全部重量。这与传统的用4个传感器作支承的秤台在结构上截然不同。

图2.8为0~5 kg电子计价秤的外形及功能部件方位示意图,图2.9为电子计价秤的内部结构。

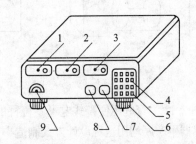

图2.8　商业计价秤外形及功能部件

1—重量;2—单价;3—金额;4—计数器;5—清除按钮;
6—校平角;7—去皮;8—置零;9—水平仪

17

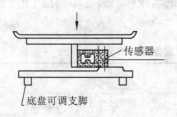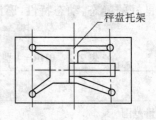

秤盘托架

传感器

底盘可调支脚

图 2.9　电子计价秤的内部结构

尽管单只传感器支承了一个大面积的秤台,但能保证四角误差小于 1/2 000～1/3 000,因为通过对传感器贴片部位的锉磨,可以综合消除被秤量物体在秤台坐标面上任意位置时的 x 向和 y 向的应变输出误差。

单只传感器支承秤台的设计方案,不仅大大降低了秤台和传感器的造价,而且使激励电源、仪表的数据处理及秤的调试大为简化,大大降低了系统的成本。

微处理机的应用,使商用电子秤具有多种功能,例如自动跟踪回零、自动去皮、单价显示、费用累计等,通过一定接口电路,还可进行自动打印。

近年来,商用电子工业计价秤已逐渐国产化,其他诸如邮件秤、电子磅秤等工业用商用电子秤,现已全部国产化。

（2）电子商用秤传感器的结构

图 2.10 为常用的计价秤用传感器的结构图,其中图（a）和图（b）为双复梁式传感器的结构示意图。图（a）用双连椭圆孔构成应力合理集中的力学结构;秤盘用悬臂梁端部上平面的两个螺孔固定。图（b）为梅花型四连孔构成应力合理集中的力学结构,秤盘用悬臂梁端部侧面的两个螺孔坚固,中间圆孔安插过载保险支杆。这两种结构型式的传感器,均可通过锉磨的办法在试验台上修正四角误差。图（c）为三梁式传感器的结构示意图。它有上下两根局部削弱的柔性辅助梁,使传感器对侧向力、横向力和扭转力矩具有很强的抵抗能力,而使中间贴有应变片的敏感梁得到理想的保护,可以通过辅助梁柔性部位的锉磨,调整传感器的灵敏度系数和计价秤的四角误差。其中图（c）所示传感器的中间敏感梁,采样弯曲应力,对重量反应敏感,宜用来作小称量计价秤的转换部件。

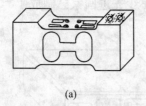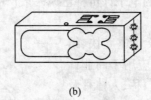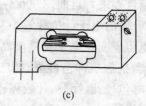

(a)　　　　　　　　　　(b)　　　　　　　　　　(c)

图 2.10　常用电子秤传感器结构

图 2.11 为家庭用便携式电子零售秤的传感器结构图,实质上这是一种单 S 梁式传感器,国内外传感器生产厂均用这种设计方案制造小量程称重传感器,其中有整体加工的,也有采用组装式结构的。零售电子计价秤弹性尺寸小巧,为使工艺方便,且精确,上面粘贴的应变片是专门设计的,它的应变全桥和补偿网络用光刻工艺制作在同一酚醛环氧基片上,并在上面覆盖保护面胶。

这种家庭零售秤的精度已可做到 3 000～5 000 分度。集成电路技术和液晶显示技术的发展,大幅度降低了这种民用电子衡器的价格,家用木杆秤可望被这种精巧的电子零售秤所取代。

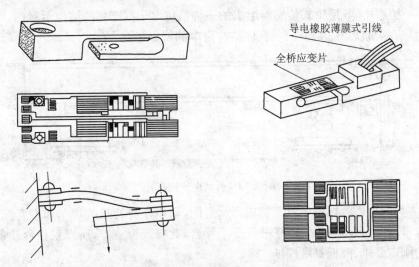

图 2.11 便携式电子零售秤的传感器结构图

2) 传感器在电子汽车秤中的应用

公路运输是社会物资集散的主要渠道之一。工厂、矿山、港口、机场、车站、仓库等部门,均需用电子汽车秤对运输物料的车辆进行商贸计量或车间分厂之间的内部结算计量。

随着近年来称重传感器、称重仪表和秤台设计制作技术的快速进步,时到今日,系统精度优于 2 000～3 000 分度的电子汽车秤已经投入使用。

(1) 深坑拉式结构的电子汽车秤

1985 年前,我国的电子汽车秤以拉式结构为主,图 2.12 为当时电子汽车秤的一种典型结构型式。秤台采用钢结构焊接组装,秤台四角坚固 4 副倒挂脚架,与安装在基坑底面的支座相对应。传感器采用当时国内首次开发成功的高精度板环拉式传感器,上下承拉构件采用十字万向节。为保证使用安全,基坑内设有 4 个钢筋混凝土安全柱。

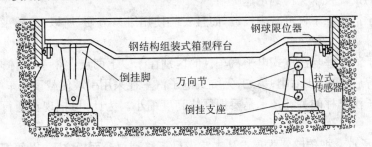

图 2.12 拉式结构汽车秤

因为倒挂式传力机构静止时势能最小,上下两副十字万向节又能使其复位灵活,所以秤台能自动复位,具有良好的重复性。这类电子汽车秤的精度可达 2 000 分度。

采用拉式传感器的秤体设计方案,优点在于能有效地隔离动载、冲撞、冬夏温度变化引起的秤台伸缩、秤体变形等多种因素造成的复杂的非计量力值的干扰。它的缺点是结构复杂,基坑深,基础工程投资较大,而且称量作业时,秤台晃动剧烈,示值稳定时间长。

(2) 低坑电子汽车秤的设计制作技术

随着国内传感器设计技术的迅速发展,轮辐式、剪切悬臂梁式、桥式传感器继板环式传感器之后,相继研制成功,并迅速投入生产,使我国的电子衡器制作技术进入了一个新的台阶。

19

图 2.13 为应用 QS 型桥式传感器组成的一种低坑电子汽车秤的结构示意图，与拉式结构相比，显然具有基坑浅、传力构件少、秤体结构简单的特点。

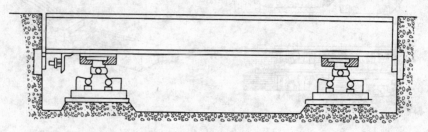

图 2.13　低坑电子汽车秤

图 2.14 为双台面低坑电子汽车衡应用示意图，适用车身特长的货车和带有拖斗的货车。它可一次称量，即可显示总重。由于分开 2 个秤台，共有 8 个支点，所以双秤台计量方法还可降低秤台的刚度要求、降低基坑深度。

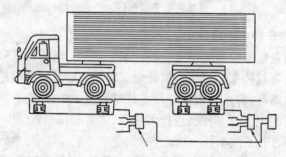

图 2.14　双台面低坑电子汽车衡应用示意图

（3）无坑式电子汽车秤的设计制作技术

日本久保田公司的无坑式汽车秤和美国托利多公司的薄壳型无坑式汽车秤的引进，使国内电子汽车秤的设计技术又得到迅速更新。

无坑式电子汽车秤不仅可减少投资，而且安装使用维修方便，所以，已越来越普遍地得到应用。

无坑式电子汽车秤与浅坑式电子汽车秤的区别在于以下两点：第一，秤体全在地面上，不存在基坑；秤体高度进一步缩小；第二，无坑式电子汽车秤采用引坡使载重汽车能驶入秤台。

无坑式电子汽车秤的关键技术是要把秤体高度缩小。为此，可把现在通行的设计技术归纳为下列 3 种：

① 移动支承点。把传感器支承点从工字大梁下移到秤台面板之下，以便把传感器及传力构件内藏到秤台框架之中，从而大大降低了秤体高度。

图 2.15 示意了低坑电子汽车秤设计上的改进。

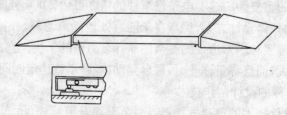

图 2.15　SCS 系列电子秤

显然,改进设计后的电子汽车秤,可进一步降低基坑的深度。从图 2.15 可见,传感器与秤台之间采用钢球支承(或球面支承),所以秤台受力状况属简梁类型;支承点的弯矩为 0,弯矩最大区在秤台中间部位。从等抗弯强度的角度考虑,把支点移到秤台四角的秤台板底下是合理的。而由此可把秤体减少相当一段高度。这种改进设计后的电子汽车秤,其秤体高度已完全可采用一段不很长的引坡,使汽车能轻易地驶入秤台进行秤量。

② 增加支承传感器数量(亦即增加秤台支点)。若要进一步降低秤台高度,势必与秤台必须具备的刚度产生矛盾,增加支点,则能大大降低对秤架的刚度要求,所以,近年来 6~8 支点整体式电子汽车秤和组合式 8 支点电子汽车秤相继在国内研制成功,并已投入使用。

图 2.16 为组合式两秤台 6 支点电子汽车秤的结构示意图。

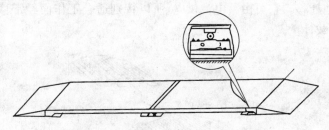

图 2.16　SCS 系列多点支承汽车电子秤

③ 引栏式设计。从日本久保田引进的电子汽车秤在国内已有多家工厂生产。它的设计思路如图 2.17 所示。

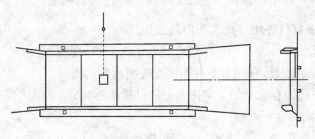

图 2.17　引栏式结构

秤台负荷最终通过两侧工字型大梁传递给传感器。大梁可以利用大号工字钢为基材,也可采用钢板焊接结构。中间承重台板,与地面很近,它利用传感器安装高度所构成的空间用工字钢焊接成称量框架,以加强秤台板刚度。即使秤台板有大的挠度也不影响称量精度。

对于引栏的存在,在不同情况有不同看法。在某些场合,引栏会使路面交通受到妨害。但若在秤体一侧有专门称量室的进出厂称量关卡,引栏又有明显的导向和标志作用,并没有别的不便。

与上述引栏设计类同的还有另一种无坑电子汽车秤,它利用引栏设计作为称量框架,用悬臂梁式传感器吊挂下面的秤台板,从而构成一种拉式结构的无坑式电子汽车秤。

（4）传感器在动态电子汽车秤中的应用

设置电子汽车秤的最终目的是为企业的生产、经营服务。所以,应用电子汽车秤时不仅要考虑计量精度方面的要求,更要考虑称量速度是否跟得上生产、经营的快节奏。例如港口码头、矿山等企业,就要求电子汽车秤进行动态计量。

只要在称量仪表的信号处理上和秤台设计、传感器选择上加以改进,实现电子汽车秤的动态称量是完全可能的。现在面临的问题是如何尽可能地提高称量精度。因为在汽车运行状态下,传感器的受力状态比较复杂。垂直方向的冲击力、水平方向的冲击力,因承载钢球滚动(或摇杆摆动)引起的重力作用线与计量轴线的偏传等,都会使传感器输出的重力信号与真正的称量负荷产生较大的误差。因此,称量仪表接收的也就不可能是一个恒定的电信号,而是一个叠加了许多不同幅频特性的信号波形。要从中准确稳定地显示货车重量,就面临着称量方法本身带来的许多难于克服的困难。

鉴于上述情况,一般商业贸易用汽车秤仍主张使用静态电子汽车秤,但对于一些工艺计量和低价物料的计量,在生产快节奏的要求下,可采用动态汽车秤。

图 2.18 为便携式动态汽车衡的应用示意图。当货车的前后车轮分别驶过秤台时,重量信息经过电子仪表的处理,可直接显示货车重量,这种便携式动态汽车衡只要把两边的斜坡板折叠起来,即可方便地迁移。它可由蓄电池供电,所以特别适合工作面经常移动、又无供电线路的野外进行货车装载计量。

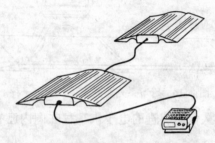

图 2.18 便携式动态汽车衡的应用示意图

3) 传感器在机械杠杆秤电子化改造中的应用

把原来的杠杆式汽车秤改造为机电结合式电子汽车秤,在相当长的一段时间内,将具有现实意义。因为就全国范围看,存在着下列不可能短期改变的现状:

(1) 工矿企业原已拥有大量的正常使用中的机械衡器,必然要继续保养维修使用下去,从经济能力考虑,不可能废弃不用。

(2) 机械秤一次投资少。例如 500 kg 的机械磅秤,售价是几百元人民币,而电子衡器,价格需 4 000～5 000 元人民币。

(3) 对于发展中国家,电子衡器的制作技术、维修技术、使用技术还未普及。而与此相比,对机械衡器,一般工厂或地方计量部门都已有一支技术成熟的维修队伍,有成熟的检定规程,有众多的定型产品可供选择。

所以,应用称重传感器来改造原来的机械秤为机电结合式电子汽车秤,如图 2.19 所示。

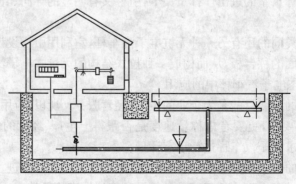

图 2.19 机电结合式电子汽车秤

该电子汽车秤具有方便、便宜等优点。具体优点如下：

(1) 只要购置 1 只 150～300 kg 的拉式传感器,1 台数显智能称重仪表和加工两根简单的拉杆,就能实现全电子衡器所具有的基本称量功能:自动记录、快速称量。总费用在 6 000～8 000 元人民币以内,约为新建全电子式衡器所需费用的 1/10,适合于大多数企业的经济承受能力。

(2) 适合大部分工矿企业计量人员原有的技术水平,容易被消化接受。即使电子秤量系统产生故障,或者突然停电,立刻可进行游陀称量。企业无后顾之忧,并可通过使用,使操作人员对电子衡器有一个学习、培训的过程。

(3) 改造时间短,若事先做好充分准备,只要 1 h 就可完成全部改造工作,并且可进行机、电自校对比。

机电结合两用秤是在当前情况下实现称重自动化的一种简单、易行、经济的方法,是机械秤过渡到全电子秤的第一步。

但是,机电结合秤保留了机械衡器的多组杠杆系统,因此,它也就保留了机械衡器的部分缺点:维修工作量和维修费用大,年终大修时要对大量刀口进行维修、更换;其费用、支出达数千元;机械秤制作工艺复杂,消耗大量人力;机械衡器生产厂的经济效益远比电子衡器厂差,所以,它只能作为企业更新过程中的一种过渡产品。

机电结合秤中传感器结构型式和量程选择,是改造成败的关键。对于最大称量为 5 t～40 t 的 DZH 型地中衡,经过几组杠杆的传递,到传力杠杆重力点的力值在 46～162 kg 之间。考虑秤台自重、杠杆自重及过载、冲击等因素,传感器的额定量程在 100～400 kg 之间,对于这样一个量程范围内的传感器,最佳的结构方案为双连孔型传感器。但应重视传感器的密封要求和量程选择。潮气侵入和量程选择偏小,是许多改造工作失败的主要原因。

4) 传感器在电子吊车秤及塔吊力矩限制器中的应用

在世界各地,每时每刻都有各种各样的吊车在运转。码头(海运码头和内河码头)储运仓库、冶金铸造厂等,几乎依靠各种吊车进行装舱、卸货、吊运。在吊车上安装电子称量系统,有下列优点:

(1) 在吊运作业中进行称量,可实现货物直接交付,加速进仓盘货,节省大量时间。

(2) 不另外占用空间和时间。

(3) 1 台吊车秤的价格要比 1 台平台秤便宜得多。

(4) 配上先进仪表,可与计算机联用,进行作业的程序控制。

吊车秤是一个自成系统的、专用于起重机械的电子衡器。它不需要对原来的起重设备进行改造,在应用上又有很大的灵活性,所以近年来也得到了普遍应用。

(1) 传感器在门式吊车上的应用

门式吊车是工矿企业应用最多的一种起重设备。以炼钢厂为例,一个炼钢厂就拥有 10 多台门式吊车。依量程大小、制造年代、引进国家的不同,在基本结构类似的情况下,又有多种形式,图 2.20 为其卷扬系统的典型图例。

门式吊车在吊运重物的同时进行准确称量,是几年来人们所一直探索的课题。实践证明,现已能达到的称量技术水平与人们期望得到的目标尚有相当的距离。这是因为电子吊车秤与电子平台秤相比,具有下列特点:

① 假若把电子吊车秤模拟成一台安装在房顶的电子台秤,那么不难理解两者之间的一个明显差别:吊车秤的底座在吊运作业中是在不停地改变水平状态的;其偏转的人小决定了吊车

原设计的刚度和吊车的安装质量。

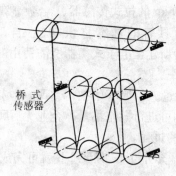

图 2.20 门式吊车系统示意图

门式吊车的横梁跨距大,横行车起吊重物后横梁挠度大,横行位置不同,其"秤座"的偏转是前后不一的。

横梁纵向行走范围大(超过 50 m),两条走行轨道的安装水平状态原来就存在一定误差,运行一段时间后,可能扩大误差,因此吊车横梁在移动时,"秤座"的位置会再次产生偏转。

众所周知,电子秤秤座的水平状态会直接影响重力方向与传感器计量轴线之间的偏转,从而会影响称量精度。

② 被称量重物的摆动和旋转。

重物起吊后,由于起吊重物的重心与吊挂支点不垂直,必然引起重物的摆动和旋转。由于运动过程中受到机械摩擦和空气阻尼等因素的影响,致使重力按一条衰减的正弦波变化,所以,电子吊车秤要得到一个稳定读数,必然需要一个相当长的采样时间。

③ 被称量重物的加速度和冲击。

吊车卷扬筒收放钢缆时,重物因正负加速度变化引起的与重力同向的附加力值很可观。刹车时,因重物惯性运动还会对传感器产生称量方向的冲击力。吊车平移运动时,重物水平方向的加速度也会产生垂直分量。

④ 钢绳传动系统的摩擦力、夹角变化及钢绳自重的变化。

吊车的提升高度为 18 m 左右,钢绳往返滑轮较多,因此重物计量受到钢绳自重和传动系统摩擦力的影响。卷扬筒、定滑轮及下面的动滑轮构成一个夹角不断变化的三角形,对上面 2 个支点的作用力也随起吊高度的改变而不断变化。

⑤ 称量过程中几乎始终伴随着复杂的振动。

吊车、钢丝绳、传感器构成一个弹性振动系统。其中吊车大梁的振动频率在 3.5～5.0 Hz 之间,钢绳的颤动频率较为复杂,其纵向振动估算公式为:

$$f_{纵} = \frac{1}{2\pi}\sqrt{\frac{kg}{F}}$$

横向振动计算公式为:

$$f_{横} = \frac{1}{2L}\sqrt{\frac{F}{\rho}}$$

式中:k 为钢绳的刚度;g 为重力加速度;ρ 为钢绳单位长度的重量;F 为钢绳所受外力;L 为钢丝的长度。

合成后的钢绳颤动振频在 10～15 Hz 范围内，致使传感器受到多变的振动力。

鉴于重物起吊后运动状态和传感器受力状态的复杂性，足见要在运动状态下精确计量物料重量，是一个有待突破的技术难题。

国外先进国家的吊车秤，也都规定重物起吊后要给予一定的采样时间。由于吊车秤在工业现场中巨大的实用价值，所以许多科技人员为克服这些不利因素做出了卓越的努力，并取得了不少成功的经验。

（2）称重传感器安装在动滑轮两端的组秤技术

这种设置方案的优点是传感器直接承受起吊重物的全部重量，不受吊车横梁挠度、重物提升高度、钢绳传动系统摩擦力等因素的影响，因此具有很高的计量精度。

图 2.21 为瑞典 FLNAB 公司研制的新型吊车秤。起吊重物的重量通过两侧钢板挂在左右两只加荷座上，钢丝绳通过动滑轮轴加负荷于两只双剪切梁传感器的中间承载平面上。传感器电缆由装在横跑车上的电缆同步收放装置进行收放。

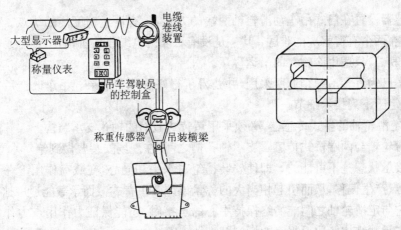

图 2.21　瑞典 FLNAB 公司研制的新型吊车秤及零件

零件内部形腔中的左右两个突起台阶能对传感器起横向限位作用，顶端台阶起传感器过载保护作用。图 2.22 为桥式传感器动滑动轴的组合位置及受力状态图。总体组装完成后，侧板外平面上再加复保护盖板。这种吊车秤静标指标能达到 3 000 分度，满足国际法制计量组织三级商用秤的计量要求。

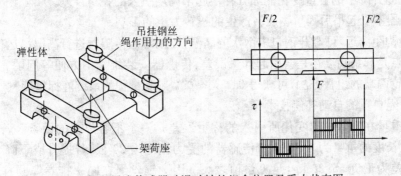

图 2.22　桥式传感器动滑动轴的组合位置及受力状态图

图 2.23 为国内生产的用两只桥式传感器反向支承动滑轮轴构成的电子吊车秤。这个方案需要对原设备作一些改造，另换一根加长的动滑轮轴，增加一副传感器的支承架。

25

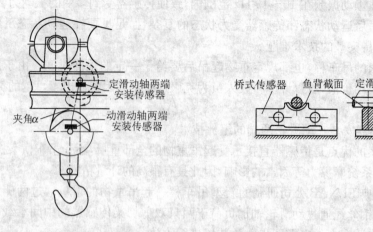

图 2.23 两只桥式传感器反向支承动滑轮轴构成的电子吊车秤

称重传感器设置在门式吊车动滑轮轴两端的方案,具有计量精度高的优点。但就国内使用状况看,存在两个有待解决的难题:其一是没有可靠的电缆收放机构,电缆容易在作业中被拉断或砸断;其二,只适用冷物料的吊运称量。

这个方案已为许多冶金企业所采用,并获得了很好的称量效果。吊车改造后所能达到的计量精度,决定于下列技术细节:

① 支承定滑轮轴的桥式传感器,必须采用鱼背式截面的轴孔支承结构。

因为定滑轮轴与两端桥式传感器支承轴孔槽之间,在现场安装要做到绝对水平和同心,使负荷呈均布接触状态是不可能的。即使安装得绝对水平和同心,在载荷作用下一旦轴产生挠度,也会使力点产生偏移,从而引起相当大的称量误差。鱼背式截面承载能适应这两种不可避免的变化。它与定滑轮轴之间能始终保持中心的点接触,还能保证力作用点力作用线的基本不变。鱼背式承载结构能取得很高的标定精度。

② 称重传感器安装在定滑轮轴两端的称量方法具有下列优点:

a. 不受摩擦力的影响(包括滑轮与滑轮的摩擦力和钢丝绳与轮槽之间的摩擦力)。因为不论在提升状态下称量,还是在下降状态下称量,定滑轮轴两边钢绳的摩擦力总是互为补偿、互相对消的。

b. 钢丝绳升降中的自重变化能部分补偿起吊高度引入的夹角误差。

c. 传感器不受起吊后因重物旋转产生的扭转力矩的影响。

d. 离吊钩距离远,可避开钢包中钢水的高温,可用常温传感器进行高温吊运作业的计量。

它的缺点是起吊高度还是会引起计量误差、传感器安装维修不方便等问题。称重传感器安装在定滑轮两端的组秤方法,可获得 0.1 %~0.2 %满量程的系统静标精度。

③ 钢丝绳自重的自动补偿技术

钢丝绳重量在升降中的变化所引入的称量误差是一个不容忽视的因素。若钢绳直径为 28 mm,单位长度的重量为 2.768 kg,传感器的受力钢绳为 20 根,若提升或下降变化 1 m,则钢绳自重偏差为正负 55.36 kg,足见量值之大。因为钢丝绳在同一排卷缆圆柱面上来回运动,钢丝绳的长度变化正比于卷缆筒的转数,所以可用下面的两种方法进行钢丝绳重量变化的自动补偿:

a. 电桥补偿法。如图 2.24 所示,它通过减速机构把卷筒的转动数量和转角变为多圈电位器的调节运动,以自动改变补偿桥路中补偿电阻的电阻比值。图 2.24 中, E、E_C、E_0 分别为3 个电桥的供电电源电压。

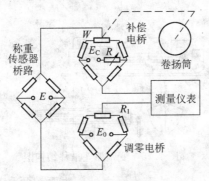

图 2.24　电桥补偿法

b. 光电数字补偿法。光电元件把卷扬筒的转数和转角变成脉冲数,由可逆计数器计数,并输入减法器与重量数字信号进行运算。

④ 称重传感器安装在横行车框架下的组秤技术。

将称重传感器安装在小跑车下,这个方案的优点是能采样起吊重物的全部重量,并且不随起吊高度的变化而变化,不受钢丝绳在运动中产生的摩擦力的影响,由于传感器距起吊物有较长的距离,所以可用于热物料的吊运计量。

实践表明,当横行车启动、刹车、运行时,称量架的水平冲力及水平加速度力会严重干扰计量精度。此外,横梁的挠度会使称量框架的水平状态变化,从而影响称量精度并引入水平方向干扰力。所以,称量框架中间必须安装球柱式水平限位器,限位间隙控制在 0.3～0.5 mm,使水平限位球面柱承担上述所有水平方向的力值。4 个支承式传感器,采用钢球-球窝支承结构,或采用摇杆式传感器,允许左右摆晃 1°～2°,从而消除了水平冲击的干扰。

⑤ 称重传感器安装在卷扬筒一侧的超载保护技术。

为保证设备和作业安全,起重设备必须安装超载保护装置。称重装置对原有门吊的改造工作量小,稳定可靠地实现超载报警,自动切断起升电机的主回路。对大吨位门吊,也可在卷扬筒轴座下,左右纵向安装两只平面桥式传感器来解决超载保护问题。

5) 传感器在其他吊车和起重设备上的应用

(1) 抓斗吊电子秤

抓斗吊是用来把船舱里的煤、盐等散装物料搬运到码头岸边的料斗或堆料场中的一种起重设备,它广泛应用于沿海和内河各散装物料的码头。通过累计抓斗吊运货量,可以确定船运的进货总量。

应用中的抓斗吊基本分为两类:一类是幅式抓斗吊;另一类是摇臂式抓斗吊。摇臂式抓斗吊分为变角式和固角式两种,其配用的抓斗有电动抓斗和一般抓斗。

变幅式抓斗吊改造为电子秤的难度在于它有两组卷扬系统:一组为起重升降系统;另一组为抓斗启闭系统。起吊时两个系统均受负荷,而且受力分配是随机的。图 2.25 介绍了一种国外变幅抓斗吊秤的结构图。这种抓斗吊周而复始的搬运动作完全可以编制一定的程序,由计算机来实现无人操作。如图 2.25 所示,电子抓斗吊称量框架的水平限位拉杆同时是一个水平力值的测量传感器,通过它提供抓斗摇摆程度的电信号,在控制小跑车停车后,即朝相反方向作一个小距离的退位,使抓斗不来回摇晃。这个动作过去是由操作工人控制的。

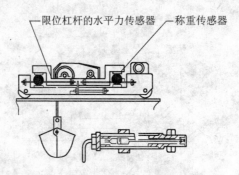

图 2.25　变幅抓斗吊秤结构图

　　摇臂式抓斗吊的改造难度与幅式有类同之处。主要问题是起重钢丝绳与启闭钢丝绳同时受力,而且 4 个钢丝绳中的受力分配是随机的。

　　过去曾试图在抓斗上安装传感器,或把一般抓斗改用电动抓斗,并把电动抓斗吊挂在吊钩秤上解决,但实践表明,抓斗的频繁摔撞,大幅度的运动,会使传感器损坏或电缆拉断。

　　图 2.26 为德国申克公司生产的变角式摇臂吊的称量装置设计方案。起重钢丝绳与启闭钢丝绳均通过摇臂吊端部的两组滑轮,再传递到卷扬筒上。其中上面一组滑轮与传感器承载框架安装在一个可调节角度的杠杆系统上,它保证摇臂变动角度时,能始终保证下滑轮包络的出、入钢丝绳成 90°。如图所示,钢丝作用力中的水平分量由上下膜板吸收,而起吊物的重力始终与传感器的计量轴线一致。

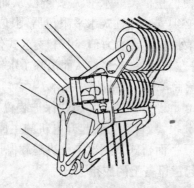

图 2.26　变角式摇臂吊的称量装置设计方案

　　(2) 单轨电子吊车的组秤技术

　　矿山、大型机械厂及食品厂中的矿石、机件及宰后的畜体,常用料斗式吊挂钩,依靠架设在单轨上面的滚轮,自行下滑或钢丝绳拖动来进行输送或工序的转移。

　　可以通过一定的装置设计技术,实现运输物料动态计量。图 2.27 即为运输矿物的单轨电子吊车秤的一个应用例图。如图 2.27 所示,称量铁轨段下面由两个称重传感器支承。若干副对重力呈柔性的掩藏形框架把钢轨定位,称量铁轨的长度必须根据货车速度和电子元件处理动态信号必需的时间来确定。

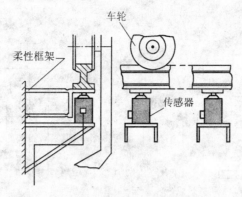

图 2.27　单轨电子吊车秤

6）传感器在电子吊钩秤中的应用

吊钩秤是一种可在起重机吊钩上加挂,利用自动的吊钩去吊挂重物并进行称量的电子衡器。不论是小型的电动葫芦,还是大型的起重设备都可适用,不用对原设备进行任何改造,使用方便,颇受仓库、码头等运输部门的欢迎。

传感器与显示仪表做成一体,精度为 0.1 %。采用微处理机进行采样和数据处理,使称量过程在 3～5 s 内即能稳定读数,即使负荷上下跳动亦无影响。采用蓄电池供电,蓄电池可连续使用 14～16 h;充电后仍可继续使用。吊钩秤用传感器的安全系数为 500 %。吊钩和吊环采用热处理的锻钢制造,强度为起吊额定载荷的 4 倍。与传感器组装在一起的电子部件可经受 10 ms 半正弦波 200 g 的峰值冲击。传感器采用密封的 U 形柔性隔离式电阻应变式传感器。数显部分全部采用固体电路,能见距离为 12 m,当超载 5 % 时即发生超载指标。系统具有零点跟踪、自动去皮、遂次称量复现、总累计、计量状态选择等功能。静标精度为 2 000 分度。

2.3　应变式加速度传感器及其应用

由牛顿第二定律可知,物体的加速度 a 与其质量 m 的乘积就是作用在物体上的力 F。因此要检测物体的加速度,可以通过测量其所受的力来获得。应变式电阻加速度传感器就是利用这个原理来测量物体的加速度的。

如图 2.28(a)所示的应变式电阻加速度传感器,由基座(用来固定在被测物体上)、等截面悬臂梁、质量块和 4 张电阻应变片组成,以等截面悬臂梁为弹性敏感元件。4 个电阻应变片粘贴位置如图 2.28(b)所示,组成全桥电路。

当被测物体以加速度 a 运动时,传感器上的质量块产生的力为 $F = ma$,其中 m 为质量块的质量。该力在悬臂梁上产生的应变为:

$$\varepsilon = \frac{6(l - l_0)}{Eb\delta^2} \mid F \mid = \frac{6(l - l_0)m}{Eb\delta^2} \mid a \mid \tag{2.13}$$

式中,l 为等截面悬臂梁的总长;l_0 为应变片粘贴位置中心离固定端(基座)的距离;E 为悬臂梁材料的弹性模量;b 为悬臂梁宽度;δ 为悬臂梁厚度。

根据应变片所粘贴位置,可知应变片 R_1 所受应变 ε_1 与应变片 R_3 所受应变 ε_3 的大小和方向均相同,而与应变片 R_2 和 R_4(所受应变 ε_2 和 ε_4)大小相同、方向相反,如果不考虑应变片

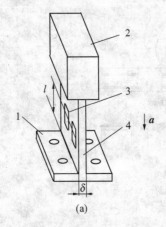
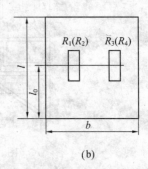

图 2.28　加速度传感器

1—基座；　2—质量块；　3—应变片；　4—悬臂梁

传递变形失真和应变片的横向效应的影响,则有

$$\varepsilon_1 = \varepsilon_3 = -\varepsilon_2 = -\varepsilon_4 = \varepsilon = \frac{6(l - l_0)m}{Eb\delta^2} \mid a \mid$$

由于 l_0、l、E、b、δ 和 m 均为已知,故式(2.13)又可写成:

$$\varepsilon = K' \mid a \mid$$

式中: K' 为常数,其值为 $\dfrac{6(l - l_0)m}{Eb\delta^2}$。

因此,电桥输出电压为:

$$u_o = U_i K\varepsilon = U_i KK' \mid a \mid = K_a \mid a \mid \tag{2.14}$$

式中: U_i 为电桥输入电压;K 为电阻应变片的灵敏度;$K_a = U_i KK'$,为传感器的灵敏度且为常数,单位为 mV/g,g 是重力加速度。

当测量振动加速度时,加速度的大小和方向是随时间的变化而改变的,因此电桥输出随之改变。往往把振动加速度 a 表示为:

$$\mid a \mid = a_{max} \sin \omega t \tag{2.15}$$

式中,a_{max} 为加速度的最大值;ω 为振动的角频率。

当振动的频率小于传感器的固有频率时,传感器的输出为:

$$u_o = U_{max} \sin(\omega t + \varphi_1) \tag{2.16}$$

式中: φ_1 为输出电压的初相角,由传感器的滞后系数决定;U_{max} 为输出电压的最大值,由式(2.14)可知,$U_{max} = K_a a_{max}$。

应变式电阻加速度传感器具有灵敏度高、静态和动态特性好等优点,广泛应用于汽车安全气囊的控制、油箱和电梯疲劳强度的测试以及电脑游戏控制杆的倾角感应器中。

如朗斯测试技术有限公司生产的 LC08 系列应变式加速度传感器具有很好的静态频响,可测达 $1\,000\,g$ 的加速度,输出灵敏度为 0.5 mV/V 满量程,非线性误差为 3 ‰满量程,适用温度范围为 10 ℃～50 ℃,应变片电阻为 120 Ω。该系列产品有很好的过载保护,并可与应变仪连用,特别适用于低频振动测量。

2.4 扩散硅压力传感器及其应用

半导体受力时,其电阻率会随应力的变化而变化,这种现象被称作压阻效应。压阻式传感器就是利用半导体的压阻效应和集成电路工艺制成的传感器。

由于它的核心部分是一块方形的单晶硅膜片,并在硅膜片上扩散出 4 个阻值相等的电阻组成惠斯登电桥,因此这种传感器也被称为扩散硅型传感器。

根据结构不同,扩散硅型传感器可用来测量压力、力、压力差、加速度等,其中应用最广的是扩散硅压力传感器,如图 2.29(a)所示。其由外壳、硅环 6 和引出线 1 等组成。在硅膜片上扩散出 4 个电阻作为应变片,4 个电阻之间用面积相对较大、阻值相对较小的扩散电阻引线 3 连接,构成全桥,硅片的表面用二氧化硅薄膜覆盖保护。硅膜片底部被加工成中间薄(用于产生应变)、周边厚(起支撑作用),如图 2.29(b)所示的环型,所以称为硅环。硅环 6 在高温下用玻璃粘接剂粘接在热胀冷缩系数相近的玻璃基板 8 上,然后一同封装在壳体内。

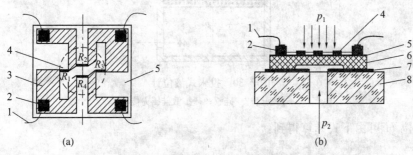

图 2.29　扩散硅压力传感器

1—引出线;2—电极;3—扩散电阻引线;4—扩散型应变片;
5—单晶硅膜片;6—硅环;7—玻璃粘接剂;8—玻璃基板

图 2.29(a)中的虚线圆内是承受压力的区域。等截面膜片沿直径方向上各点的径向应变是不同的,R_2、R_4 离圆心很近,所以它们感受的应变是正应变(即拉应变),R_1、R_3 处于膜片的边缘区,它们承受的应变是负应变(即压应变)。当硅环两侧压力差 $\Delta p(\Delta p = p_1 - p_2)$ 不为 0 时,硅膜片产生变形。4 个半导体应变在应力的作用下,阻值由于压阻效应而发生变化,电桥失去平衡,其输出电压 u_o 与膜片两侧的压力差成正比,即有

$$u_o = K \Delta p$$

式中,K 是传感器的灵敏度系数。

如果图中的 p_2 进气口与大气相通,则传感器指示的 p_1 为表压值;如果 p_2 进气口处于绝对真空状态,则传感器指示的 p_1 为绝对压力值。

扩散硅型压力传感器与其他型式的压力传感器相比有许多优点:由于 4 个应变电阻是从同一硅片上直接扩散而成,工艺一致性好,温度引起的电阻值漂移可以相互抵消,硅膜片本身弹性好,所以该传感器温漂、迟滞、蠕变等都很小,动态响应快;而且由于半导体的压阻系数很高,所以传感器的灵敏度较高;随着半导体技术和集成电路制作工艺不断发展和成熟,其硅膜片上集成了信号处理和温度补偿等电路,因此该型传感器的综合性能好。目前,这种体积小、质量轻、集成度高、性能好的压力传感器在工业中得到了广泛的应用。

扩散硅压力传感器可用于测量气体的压力差,采用不锈钢隔膜扩散硅压力传感器和专用集成电路组装而成,其稳定性高,过载能力强,抗腐蚀,工作可靠性很好,温度系数不大于 $1 \times 10^{-4}/℃$ 满量程,使用温度范围为 $-40\,℃ \sim +125\,℃$。

扩散硅型压力传感器也广泛用于制作液位计,如图 2.30 所示的 B0506 型投入式液位变送器。这种液位计是将扩散硅压力传感器倒置安装在不锈钢壳体内,使用时投入到被测液体中。传感器的高压侧进气口(由不锈钢隔离膜片及硅油隔离)与液体相通,低压侧进气口通过一根橡胶"背压管"与大气相通。传感器的信号线、电源线也通过该"背压管"与外界的仪器接口连接。

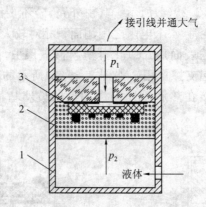

图 2.30　投入式液位计

1—不锈钢筒;2—硅胶;3—扩散硅压力传感器

被测液位 H 可由下式计算得到:

$$H = \frac{p_2 - p_1}{\rho g}$$

式中:ρ 为电阻率。

这种投入式液位传感器使用方便,适用于几米至几十米混有大量污物、杂质的水或其他液体的液位测量。

本章小结

电阻应变片分为两种:金属电阻应变片、半导体电阻应变片。应变片由应变体、胶基、覆盖层和引出线构成。

应变式电阻传感器的工作原理为电阻应变效应。金属电阻应变片主要是由于导体的长度和半径发生改变而引起电阻变化,半导体电阻应变片是由于其电阻率发生变化而引起电阻变化(即压阻效应)。

应变式传感器采用桥式测量转换电路,一般采用全桥形式,其输出电压为:

$$U_o = \frac{U_i}{4} K(\varepsilon_1 - \varepsilon_2 + \varepsilon_3 - \varepsilon_4)$$

且全桥形式具有温度自补偿功能。

应变式电阻传感器广泛应用在力、加速度等有关物理量的测量中,扩散硅压力传感器主要应用在测量气体和液位的压力中。

习题 2

（1）试列举箔式应变片与半导体应变片的相同点和不同点。

（2）什么是电阻应变效应？什么是应变片的横向效应？

（3）有一电阻应变片初始阻值为 120 Ω，灵敏度 $K = 2$，沿轴向粘贴于直径 0.04 m 的圆形钢柱表面，钢材的弹性模量 $E = 2 \times 10^{11} \text{N/m}^2$，泊松比 $\mu = 0.3$。当钢柱承受外力 98×10^3 N 时，求：

① 该钢柱的轴向应变 ε_x 和径向应变 ε_y；

② 此时电阻应变片电阻的相对变化量 $\Delta R / R$；

③ 应变片的电阻值变化了多少欧？是增大了还是减少了？

④ 如果应变片是沿圆柱的圆周方向（径向）粘贴，钢柱受同样大小的拉力作用，此时应变片电阻的相对变化量为多少？电阻是增大了还是减少了？

3 电感式传感器及其应用

电感式传感器是利用线圈的自感或互感系数的变化来实现非电量测量的一种装置。它的基本原理是将被测量转换成电感量的变化。电感式传感器种类很多,按转换原理可分为自感式和互感式两大类。人们习惯上所讲的电感式传感器通常是指自感式电感传感器。而互感式电感传感器,由于利用的是变压器原理,又做成差动式,故常称为差动变压器式传感器。

3.1 自感式电感传感器及其应用

3.1.1 自感式电感传感器的结构及工作原理

自感式电感传感器的结构示意图如图3.1所示,主要由线圈、铁心、衔铁及测杆等组成。

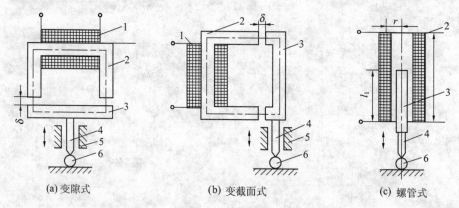

图 3.1 自感式电感传感器结构示意图

1—线圈;2—铁心;3—衔铁;4—测杆;5—导轨;6—工件

自感式电感传感器主要用来测量位移或者是可以转换成位移的被测量,如振动、厚度、压力、流量等。工作时,衔铁通过测杆与被测物体相接触,被测物体的位移将引起线圈电感量的变化,当传感器线圈接入测量转换电路后,电感的变化将被转换成电压、电流或频率的变化,从而完成非电量到电量的转换。

根据磁路基本知识,线圈电感为:

$$L = \frac{N^2}{R_m} \tag{3.1}$$

式中:N 为线圈匝数;R_m 为磁路总磁阻。

由于铁心和衔铁的磁阻比气隙磁阻小得多,因此铁心和衔铁的磁阻可忽略不计,磁路总磁阻近似为气隙磁阻,即

$$R_m \approx \frac{2\delta}{\mu_0 A} \tag{3.2}$$

式中:δ 为气隙厚度;A 为气隙的有效截面;μ_0 为真空磁导率。

因此,电感线圈的电感量为:

$$L \approx \frac{N^2 \mu_0 A}{2\delta} \tag{3.3}$$

由上式可知,若自感线圈结构确定后,N 与 μ_0 为常数,则 L 与 A 成正比,与 δ 成反比。这样,只要被测量能引起 A 和 δ 的变化,都可用自感式电感传感器进行测量。

自感式电感传感器主要有变气隙式、变截面式和螺管式 3 种类型。

1) 变气隙式结构电感传感器

由式(3.3)可知,若 A 为常数,则 $L = f(\delta)$,即电感 L 是气隙厚度 δ 的函数,故称这种传感器为变气隙式电感传感器。其结构如图 3.1(a)所示,输出特性如图 3.2(a)所示。由于电感量 L 与气隙厚度 δ 成反比,故输入输出是非线性关系,灵敏度为:

$$K = \frac{\mathrm{d}L}{\mathrm{d}\delta} = -\frac{N^2 \mu_0 A}{2\delta^2} = -\frac{L_0}{\delta} \tag{3.4}$$

可见,δ 越小,灵敏度越高。为提高灵敏度,保证一定的线性度,变隙式电感传感器只能工作在很小的区域,因而只能用于微小位移的测量。

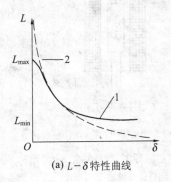
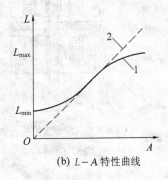

(a) $L-\delta$ 特性曲线　　　　　　(b) $L-A$ 特性曲线

图 3.2　电感式传感器的输出特性

1—实际输出特性;2—理想输出特性

2) 变截面式电感传感器

由式(3.3)可知,若保持气隙厚度 δ 为常数,则 $L = f(A)$,即电感 L 是气隙截面积的函数,故称这种传感器为变截面式电感传感器。其结构如 3.1(b)所示,输入输出是线性关系,输出特性如图 3.2(b)所示。灵敏度为:

$$K = \frac{N^2 \mu_0}{2\delta} \tag{3.5}$$

灵敏度是一常数。但是,由于漏感等原因,变截面式电感传感器在 $A = 0$ 时,仍有一定的电感,所以其线性区较小,为了提高灵敏度,常将 δ 做得很小。这种类型的传感器由于结构的限制,它的量程也不大,在工业中用得不多。

3) 螺管式电感传感器

螺管式电感传感器的结构如图 3.1(c)所示。由 1 只螺管线圈和 1 根柱形衔铁组成。当被测量作用在衔铁上时,会引起衔铁在线圈中伸入长度的变化,从而引起螺管线圈电感量的变

35

化。对于长螺管线圈且衔铁工作在螺管的中部时,可以认为线圈内磁场强度是均匀的。此时线圈电感量与衔铁插入深度成正比。

这种传感器结构简单,制作容易,但灵敏度较低,且衔铁在螺管中间部分工作时,才有希望获得较好的线性关系。因此,螺管式电感传感器适用于测量比较大的位移。

4) 差动电感传感器

上述 3 种电感传感器使用时,由于线圈中通有交流励磁电流,因而衔铁始终承受电磁吸力,会引起振动及附加误差,而且非线性误差较大;另外,外界的干扰,如电源电压频率的变化、温度的变化都会使输出产生误差。所以在实际工作中常采用差动形式,既可以提高传感器的灵敏度,又可以减小测量误差。

差动式电感传感器结构如图 3.3 所示。两个完全相同的单个线圈的电感传感器共用 1 根活动衔铁就构成了差动式电感传感器。当衔铁位移为 0 时,即衔铁处于中间位置,两个线圈的电感 $L_1 = L_2$,阻抗 $Z_1 = Z_2$,$U_\circ = 0$。当衔铁随被测量移动而偏离位置时,两个线圈的电感一个增加,另一个减少,形成差动形式,此时 $L_1 \neq L_2$,$Z_1 \neq Z_2$,有一定的输出电压值。衔铁移动方向不同,输出电压的极性也不同。

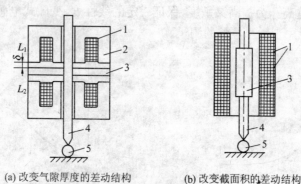

(a) 改变气隙厚度的差动结构   (b) 改变截面积的差动结构

图 3.3 差动式电感传感器原理图

1—线圈;2—铁心;3—衔铁;4—测杆;5—导轨

假设衔铁上移为 $\Delta\delta$,则总的电感变化量为:

$$\Delta L = L_1 - L_2 = \frac{N^2 \mu_0 A}{2(\delta - \Delta\delta)} - \frac{N^2 \mu_0 A}{2(\delta + \Delta\delta)} = \frac{N^2 \mu_0 A}{2} \cdot \frac{2\Delta\delta}{\delta^2 - \Delta\delta^2} \qquad (3.6)$$

当 $\delta \gg \Delta\delta$ 时,式中的 $\Delta\delta^2$ 可以忽略不计,则

$$\Delta L = 2 \times \frac{N^2 \mu_0 A}{2\delta^2} \Delta\delta \qquad (3.7)$$

灵敏度为:

$$K = \frac{\Delta L}{\Delta\delta} = 2 \times \frac{N^2 \mu_0 A}{2\delta^2} = 2\frac{L_0}{\delta} \qquad (3.8)$$

式中,L_0 为衔铁处于差动线圈中间位置的初始电感量。

差动电感传感器的输出特性如图 3.4 所示。其中曲线 1 是图 3.3 中上面单线圈自感式电感传感器的输出特性,曲线 2 是下面单线圈自感式电感传感器的输出特性,曲线 3 是差接后的输出特性。由此可以看出,差动式电感传感器的输出特性得到了改善。

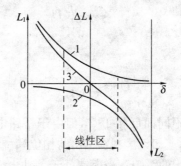

图 3.4　差动式电感传感器输出特性

3.1.2　自感式电感传感器的测量电路

电感式电感传感器的测量转换电路通常采用电桥电路,其作用是把电感量的变化转换为电压或电流信号,以便送入后续放大电路进行放大,然后由仪器指示或记录。

1) 变压器电桥电路

变压器电桥电路如图 3.5 所示。相邻两工作臂 Z_1、Z_2 是差动电感传感器的两个线圈阻抗;另外两臂为激励变压器的二次线圈。输出电压取自 A、B 两点。若 D 点为零电位,且传感器线圈的品质因素(Q 值)较高,即线圈直流电阻远小于其感抗。可推导出输出电压为:

$$\dot{U}_\circ = \dot{U}_{AD} - \dot{U}_{BD} = \frac{Z_2}{Z_1 + Z_2}\dot{U} - \frac{\dot{U}}{2} = \frac{\dot{U}}{2} \cdot \frac{Z_2 - Z_1}{Z_1 + Z_2} \tag{3.9}$$

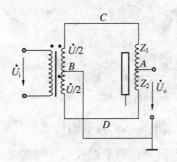

图 3.5　变压器电桥电路

当衔铁处于线圈中间位置时,由于线圈完全对称,因此 $Z_1 = Z_2 = Z$,此时桥路平衡,输出电压 $\dot{U}_\circ = 0$。当衔铁向下移动时,下线圈的阻抗增加,即 $Z_2 = Z + \Delta Z$,而上线圈的阻抗减少,$Z_1 = Z - \Delta Z$。此时输出电压为:

$$\dot{U}_\circ = \frac{\Delta Z}{2Z}\dot{U} \tag{3.10}$$

因为 Q 值很高,线圈直流电阻可以忽略不计,所以

$$\dot{U}_\circ = \frac{j\omega\Delta L}{2j\omega L}\dot{U} \approx \frac{\Delta L}{2L}\dot{U} \tag{3.11}$$

同理,当衔铁向上移动时,其输出电压就为:

$$\dot{U}_{\text{o}} \approx -\frac{\Delta L}{2L}\dot{U} \tag{3.12}$$

综合上述两式,可得:

$$\dot{U}_{\text{o}} \approx \pm\frac{\Delta L}{2L}\dot{U} \tag{3.13}$$

虽然输出电压随位移方向不同而反相 180°,但由于桥路电源是交流电,所以若在转换电路的输出端接普通仪表时,实际上却无法判别输出的相位和位移的方向。此外,图 3.5 所示电路还存在一种称为零点残余电压的影响。当衔铁处于差动感的中间位置时,无论怎样调节衔铁的位置,均无法使测量转换电路输出为 0,总有一个很小的输出电压(零点几毫伏,有时甚至可达数十毫伏),这种衔铁处于零点附近时存在的微小误差电压称为零点残余电压。

2)相敏检波电路

如果输出电压接入显示终端前经相敏检波处理,则不但可以反映位移信号的大小,还可以反映其位移的方向。不采用相敏检波电路和采用相敏检波电路的输出特性曲线如图 3.6 所示。

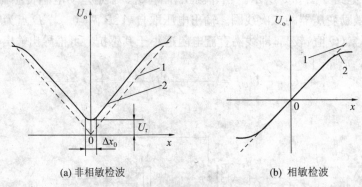

(a) 非相敏检波 (b) 相敏检波

图 3.6 输出特性曲线

1—理想特性曲线;2—实际特性曲线

图 3.7 是相敏检波电路图。图中,U_x 为电感传感器的输出信号(U_x 相当于图 3.5 中的 $\dot{U}_{\text{o}}$),U_R 为参考电压,相敏检波电路起信号解调作用。当衔铁正位移时,仪表指针正向偏转,当衔铁负位移时,仪表指针反向偏转。因此,采用相敏检波整流电路,得到的输出信号既能反映位移大小,也能反映位移方向。

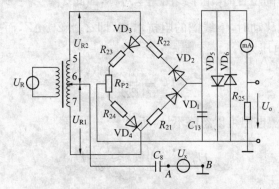

图 3.7 相敏检波电路

3.1.3 自感式电感传感器的应用

1）位移测量

图3.8是轴向式GDH型电感测微仪的结构图。测量时测端10接触物体,当被测体有微小位移时,测杆8带动衔铁3在差动线圈中移动,造成线圈电感值变化,此变化通过电缆接到电桥,电桥有电压输出,幅值与衔铁位移成正比,电桥的电压变化就反映了被测体的变化。当没有位移作用在测端时,衔铁处于中间位置,两线圈电感相等,电桥平衡,无输出信号。

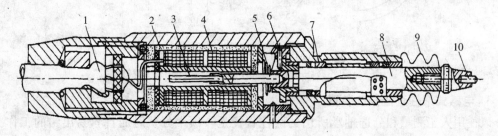

图3.8 GDH型电感测微仪结构图
1—引线电缆;2—固定磁筒;3—衔铁;4—线圈;5—测力弹簧;
6—防转销;7—导轨;8—测杆;9—密封套;10—测端

图3.9是GDH型电感测微仪的测量电路。由振荡器、电感传感器线圈、量程转换以及相敏检波电路组成,电感传感器的输出信号送入由R_1到R_4组成的量程转换器经电容C_8送入相敏检波电路,最终由仪表显示出来。

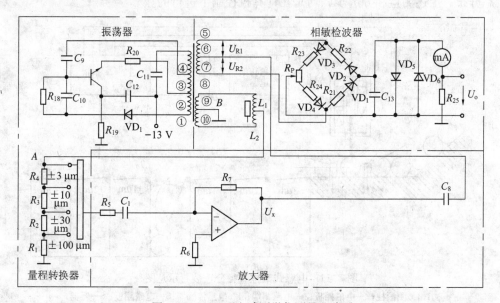

图3.9 GDH型电感测微仪测量电路图

2）压力测量

图3.10为BYM型自感式压力传感器的结构原理图,它是变气隙式差动传感器的一种。当被测压力p变化时,弹簧管1产生变形,其自由端(A端)产生位移,带动与之刚性连接的衔铁3移动,使传感器的线圈5、7的电感量发生大小相等、符号相反的变化,通过交流电桥测量

电路即可将此电感量的变化转换成电压输出,其输出电压的大小与被测压力成正比。

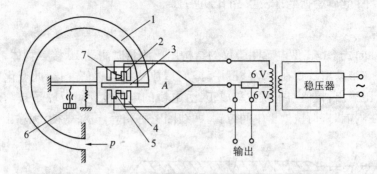

图 3.10 BYM 型自感式压力传感器结构原理图
1—弹簧管;2、4—铁心;3—衔铁;5、7—线圈;6—调节螺钉

3) 电感式滚柱直径分选装置

以往用人工测量和分选轴承所用的滚柱直径是一项十分费时而且容易出错的工作。图 3.11 是电感式滚柱直径分选装置的示意图。

由机械排序装置送来的滚柱按顺序进入电感测微仪。电感测微仪的测杆在电磁铁的控制下,先是提升到一定的高度,让滚柱进入其正下方;然后电磁铁释放,衔铁向下压住滚柱,滚柱的直径决定了衔铁位移的大小。电感传感器的输出信号送到计算机,计算出直径的偏差值。完成测量的滚柱被机械装置推出电感测微仪,这时相应的翻板打开,滚柱落入与其直径偏差相对应的容器中。从图 3.11 中的虚线可以看到,批量生产的滚柱直径偏差的概率符合随机误差的正态分布。上述测量和分选步骤均是在计算机控制下进行的。

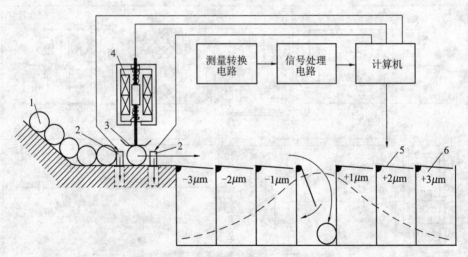

图 3.11 电感式滚柱直径分选装置示意图
1—被测滚柱;2—电磁挡板;3—电感测端;4—电感传感器;5—电磁翻板;6—容器

4) 自感式测厚仪

图 3.12 所示为自感式测厚仪,它采用差动结构,当被测物的厚度发生变化时,引起测杆上下移动,带动可动铁心产生位移,从而改变气隙的厚度,使线圈的电感量发生相应的变化。此电感变化量经过带相敏整流的交流电桥测量后,送测量仪表显示,其大小与被测物的厚度成正比。

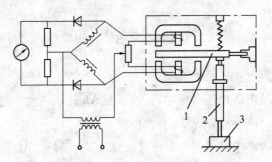

图 3.12　自感式测厚仪原理图

1—可动铁心；2—测杆；3—被测物

3.2　差动变压器及其应用

自感式电感传感器是将被测的非电量变化转换成线圈的自感变化。本节将讨论把被测的非电量变化转换成线圈的互感变化的互感式电感传感器。

3.2.1　差动变压器的工作原理及测量电路

互感式电感传感器本身相当于一个变压器，当一次线圈接入电源后，二次线圈就将产生感应电动势。当互感变化时，感应电动势也相应变化。由于传感器常做成差动的形式，故称为差动变压器式传感器。目前应用最广泛的是螺管式差动变压器。

1）工作原理

差动变压器的结构原理如图 3.13 所示。在线框上绕有 3 组线圈，其中 N_1 为输入线圈（称一次线圈）；N_{21} 和 N_{22} 是两组完全对称的线圈（称二次线圈），它们反向串联组成差动输出形式。差动变压器的等效电路原理如图 3.14 所示。

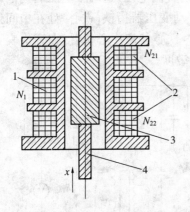

图 3.13　差动变压器结构示意图

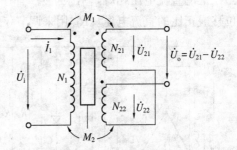

图 3.14　差动变压器原理图

1——一次线圈；2——二次线圈；3—衔铁；4—测杆

当一次线圈加入激励电源后，其二次线圈会产生感应电动势 $\dot{U}_{21}$ 和 $\dot{U}_{22}$，

$$\dot{U}_{21} = -\mathrm{j}\,\overline{\omega} M_1\,\dot{I}_1 \qquad\qquad \dot{U}_{22} = -\mathrm{j}\,\overline{\omega} M_2\,\dot{I}_1 \qquad\qquad (3.14)$$

式中：ω 为激励电源角频率；M_1、M_2 为一次线圈 N_1 与二次线圈 N_{21}、N_{22} 的互感；$\dot{I}_1$ 为一次线

圈的激励电流。

由于 N_{21}、N_{22} 反向串联,所以二次线圈空载时的输出电压 $\dot{U}_{\text{o}}$ 为:

$$\dot{U}_{\text{o}} = \dot{U}_{21} - \dot{U}_{22} = -\mathrm{j}\,\overline{\omega} M_1\,\dot{I}_1 - (-\mathrm{j}\,\overline{\omega} M_2\,\dot{I}_1) = \mathrm{j}\,\overline{\omega}(M_2 - M_1)\,\dot{I}_1 \tag{3.15}$$

差动变压器的结构及电源电压一定时,互感系数 M_1、M_2 的大小与衔铁的位置有关。

当衔铁处于中间位置时,$M_1 = M_2 = M$,所以 $\dot{U}_{\text{o}} = 0$。

当衔铁偏离中间位置向上移动时,$M_1 = M + \Delta M$,$M_2 = M - \Delta M$,所以

$$\dot{U}_{\text{o}} = -2\mathrm{j}\,\overline{\omega}\Delta M\,\dot{I}_1 \tag{3.16}$$

同理,当衔铁偏离中间位置向上移动时,$M_1 = M + \Delta M$,$M_2 = M - \Delta M$,所以

$$\dot{U}_{\text{o}} = 2\mathrm{j}\,\overline{\omega}\Delta M\,\dot{I}_1 \tag{3.17}$$

综合式(3.16)和式(3.17)可得:

$$\dot{U}_{\text{o}} = \pm 2\mathrm{j}\,\overline{\omega}\Delta M\,\dot{I}_1 \tag{3.18}$$

2)测量电路

由式(3.18)可以看出,差动变压器的输出电压是交流分量,它与衔铁位移成正比,如果用交流电压来测量,就会出现下述问题:① 存在零点残余电压输出,因而零点附近的小位移测量困难;② 衔铁的移动方向无法判断。为了将交流信号转换成直流信号,并且使直流电压的极性能反映位移的方向,通常采用相敏整流电路来解决。

图3.15为CPC型差动变压器的测量电路。图中的相敏整流部分是由晶体二极管 VD_5、VD_6 和电阻 R_7、R_8 以及分别包含在 R_7、R_8 电路中的电位器 R_{P1} 组成。R_{P1} 用来平衡 R_7 和 R_8 的电阻差值,以调节仪器的零点。VD_5、VD_6 分别对差动变压器两个次级线圈的电压进行整流,并在其相应的负载电阻 R_7、R_8 上得到一个极性相反的直流电压,这两个电压的差值即为被送到直流毫伏表上的输出量。当被测位移为0时,即差动变压器衔铁(铁心)处在中间位置时,在 R_1、R_2 上的直流电压相等,输出为0。当有位移时,铁心偏离中心位置,在毫伏表上得到与铁心位移成正比的直流电压。R_{P2} 用来调节仪表的灵敏度。

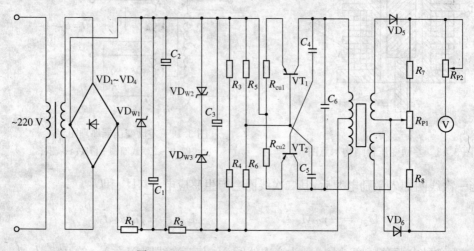

图3.15 CPC型差动变压器的测量电路

3.2.2 差动变压器的应用

1）差动变压器压力传感器

图 3.16(a)是 YST-1 型差动压力变送器结构示意图。它适用于测量各种生产流程中液体、水蒸气及气体压力。当被测压力未导入膜盒时，膜盒无位移。这时，衔铁在差动线圈中间位置，因而输出电压为 0。当被测压力从输入口导入膜盒时，膜盒中心产生的位移作用在测杆上，并带动衔铁向上移动，使差动变压器的二次线圈产生的感应电动势发生变化而有电压输出。图 3.16(b)是这种传感器的测量电路。220 V 交流电通过变压整流、滤波、稳压后，被 VT_1、VT_2 三极管组成的振荡器转变为 6 V、1 000 Hz 的稳定交流电压，作为该传感器的激磁电压。差动变压器二次输出电压通过半波差动整流电路、滤波电路后，作为变送器输出信号，可接入二次仪表加以显示。线路中 R_{P1} 是调零电位器，R_{P2} 是调量程电位器。二次仪表一般可选 XCZ-103 型动圈式毫伏计，或选用自动电子电位差计，如 XWD，R_{P2} 的输出也可以进一步作电压/电流变换，输出与压力成正比的电流信号，这是目前生产的压力变送器常见的做法。

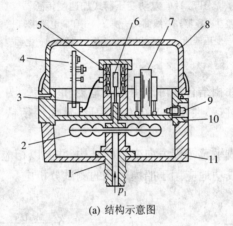

(a) 结构示意图

1—压力输入接头；2—膜盒；3—导线；4—印刷线路板；5—差动线圈；
6—衔铁；7—变压器；8—罩壳；9—指示灯；10—安装座；11—底座

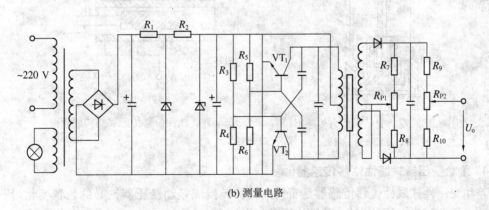

(b) 测量电路

图 3.16 YST-1 型差动压力变送器

2）加速度传感器

在汽车的电控防抱死（ABS）制动系统中，为了获得汽车的纵向或横向加速度的变化情况，通常在车身上安装加速度传感器。图 3.17 所示为差动变压器式加速度传感器的结构和工作

43

原理图。汽车正常行驶时,差动变压器线圈内的铁心处于线圈中部,当汽车制动减速时,铁心受惯性力作用向前移动,从而使差动变压器线圈内的感应电压发生变化,以此作为输出信号,来控制 ABS 系统的工作。

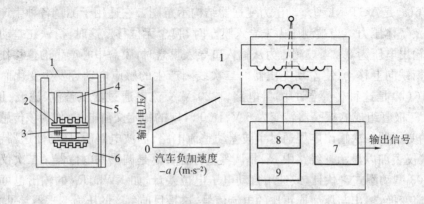

图 3.17　差动变压器式加速度传感器
1—差动变压器;2—线圈;3—铁心;4—印刷电路板;5—弹簧;
6—变压器油;7—解调电路;8—振荡电路;9—电源电路

3）力传感器

　　差动变压器与弹性元件相结合还可以用来测量力和力矩。图 3.18 为差动变压器式力传感器。当力作用于传感器时,弹性元件 3 会发生变形,从而使衔铁 2 相对线圈 1 移动,产生正比于力的输出电压。

　　如果将弹性元件设计成敏感圆周方向变形的结构,并配以相应的电感传感器,就能构成力矩传感器。这种传感器已成功地应用于船模运动的测试分析中。

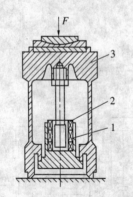

图 3.18　差动变压器式力传感器
1—线圈;2—衔铁;3—弹性元件

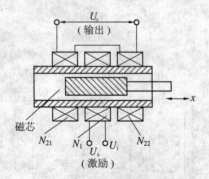

图 3.19　线性位移传感器结构原理图

4）差动变压器式线性位移传感器

　　差动变压器式线性位移传感器是将被测位移转换成差动变压器铁心的位置变化,从而引起差动变压器输出电压的变化,其结构原理如图 3.19 所示。

　　这种传感器的分辨率高,线性度好,但缺点是有残余电压,会引起测量误差,其主要性能指标如下：测量范围为 1～1 000 mm;线性度为 0.1 ％～0.5 ％;分辨率为 0.01。

3.3 电涡流式传感器及其应用

当把成块的金属导体置于变化的磁场中,导体内就会有感应电流产生,这种电流的流线在金属体内自行闭合,像水中的旋涡一样,所以称为电涡流,这种现象称为涡流效应。电涡流式传感器就是基于涡流效应工作的。电涡流式传感器具有结构简单、频率响应快、灵敏度高、抗干扰能力强、体积小、能进行非接触测量等特点,因此被广泛用于测量位移、振动、厚度、转速、表面温度等参数,以及用于无损探伤或作为接近开关,是一种很有发展前途的传感器。

3.3.1 电涡流式传感器的工作原理

电涡流式传感器原理图如图 3.20 所示。图中,有一块电导率为 δ、磁导率为 μ、厚度为 t 的金属板,离金属板 x 处有一半径为 r 的激励电流线圈,当线圈通上正弦交流电 I_1 时(角频率为 ω),线圈周围产生磁场 H_1;而处于 H_1 中的金属板中将产生电涡流 I_2,这个电涡流产生 H_2,且 H_2 的方向与 H_1 方向相反,从而导致激励电流线圈的等效阻抗发生变化。激励电流线圈的等效阻抗 Z 与下列参数有关,即

$$Z = f(\mu、\delta、r、x、t、I、\overline{\omega}) \tag{3.19}$$

若这些参数中的任一物理量发生变化,都将引起阻抗的改变。利用这种涡流现象,可以把距离 x 的变化变换为 Z 的变化,从而做成位移、振幅、厚度等传感器;也可利用这种涡流效应,把电导率 δ 的变化变换为 Z 的变化,从而做成表面温度、电解质浓度、材质判别等传感器;还可利用磁导率 μ 的变化变换为 Z 的变化,从而做成应力、硬度等传感器。

电涡流式传感器的等效电路如图 3.21 所示,$\dot{U}$、$\dot{I}_1$ 是激励线圈的励磁电压和励磁电流,线圈的等效电阻和等效电感用 R_1,L_1 表示,金属体上产生的涡流用一闭合的线圈表示,电阻为 R_2,电感为 L_2,涡流电流为 I_2。这样,励磁线圈最终在导体上产生涡流的实质,是由于两者之间存在互感的原因。

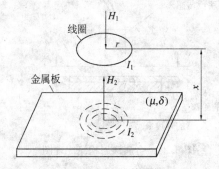

图 3.20 电涡流式传感器原理

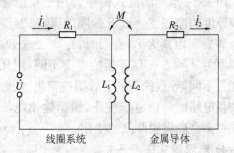

图 3.21 电涡流式传感器等效电路

3.3.2 电涡流式传感器的应用

1) 位移检测

使用电涡流式传感器可以测量各种形状金属导体试件的位移量,图 3.22 所示为电涡流式传感器测量位移示意图。图(a)为轴的轴向位移的测量,图(b)为先导阀或换向阀位移测量,图

(c)为金属热膨胀系数测量。测量位移范围可从 $0\sim1$ mm 到 $0\sim30$ mm,分辨率为满量程的0.1%。

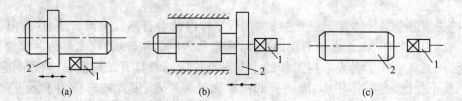

图 3.22　电涡流式传感器测量位移示意图
1—电涡流式传感器;2—被测试件

2)转速检测

电涡流转速传感器电路框图如图 3.23 所示,在被测轴上开一个凹槽,靠近轴表面安装电涡流探头。轴转动(如图示位置),电涡流探头感受到轴表面的位置变化,传感器激励线圈的电感随之改变(轴转 1 圈,变化 1 次),振荡器的频率变化 1 次,通过检波器转换成电压的变化,从而得到与转速成正比的脉冲信号。来自传感器的脉冲信号经整形后,由频率计得到频率值,再转换成转速。

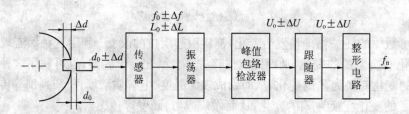

图 3.23　电涡流转速传感器电路框图

由于涡流传感器可进行非接触测量,所以对测量环境要求并不苛刻。它的检测转速可达 6×10^6 r/min。

3)厚度检测

图 3.24 是电涡流式传感器用于检测金属镀膜厚度的原理图。设没有膜时,传感器探头与金属表面距离为 L,有膜时,距离变成 D,所以膜厚为 $d=L-D$。膜的厚度不同,消耗磁场能量不同,导致探头的有效阻抗变化,从而引起转换电路的输出电压变化,根据输出电压的变化可知金属镀膜厚度的变化。

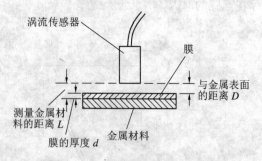

图 3.24　金属镀层检测原理图

4)电涡流式接近开关

为了使公路交通系统正常运行,常需检测公路上汽车的流量,依据它来控制交通信号。图 3.25 为电涡流式接近开关原理图,它的主要部件是埋在公路表面下几厘米深处的环状绝缘线圈,给它通上励磁电流,公路表面上就会有图中虚线所示的磁场产生。当汽车进入这一区域,汽车上产生涡流损耗,励磁线圈的有效阻抗发生变化(汽车在正上方时,损耗最大)。

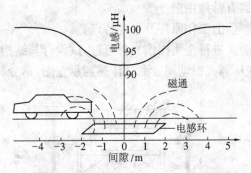

图 3.25　电涡流式接近开关原理图

图 3.26 是电涡流式接近开关的电路框图。将绝缘励磁线圈作为振荡电路的一部分,若振荡器有效阻抗产生变化,振荡器的振荡频率也要发生变化,经过检波器转换成的电压与比较器提供的电压相比较:如果不相等,就会产生 1 个计数脉冲;如果计数累加超过某一上限,就会驱动执行机构,改变信号灯的状态或有报警信号产生。

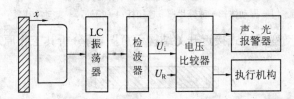

图 3.26　电涡流式接近开关电路框图

本章小结

本章主要介绍了电感传感器的分类、工作原理及在实际检测中的应用。利用电感式传感器能对位移、压力、振动、应变、流量等参数进行测量,它具有结构简单、分辨力及测量精度高等一系列优点,因此在工业自动化测量技术中得到广泛的应用。它的主要缺点是响应较慢,不宜于快速动态测量,而且传感器的分辨力与测量范围有关。测量范围大,分辨力低,反之则高。

电感传感器是根据电磁感应原理将被测非电量的变化转换成线圈的电感(或互感)变化来实现非电量测量的。按转换原理的不同,它分为自感式(电感式)和互感式(差动变压器式)两大类。因为电涡流也是一种电磁感应现象,所以也将电涡流式传感器列入本章。自感式电感传感器和差动变压器主要用于位移测量,以及能转换成位移变化的参数测量,如力、压力、加速度、振动等。电涡流式传感器由于结构简单,又可实现非接触测量,因此在生产和科研中应用极为广泛。

习题 3

(1) 电感式传感器有几大类? 各有何特点?

(2) 电感式传感器的测量电路起什么作用? 变压器电桥电路和带相敏整流的电桥电路哪个能更好地起到测量转换作用? 为什么?

（3）差动变压器传感器有哪些用途？

（4）简述电涡流式传感器的工作原理及主要特点。

（5）电涡流式传感器能否进行金属探伤？若可以，试设计其结构原理图。

（6）图3.27是差动变压器式振动幅度测试传感器示意图，请分析其测量工作原理。

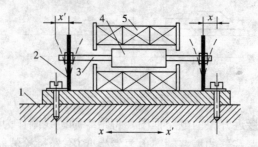

图3.27　差动变压器式振幅传感器

1—振动体；2—弹簧片；3—连接杆；4—衔铁；5—差动变压器

（7）图3.28是差动变压器式接近开关结构示意图，请分析其工作原理。

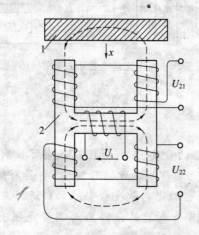

图3.28　差动变压器接近开关原理图

1—导磁金属；2—H形差动变压器铁心

4 电容式传感器及其应用

电容式传感器是以各种类型的电容器作为传感元件,通过电容元件将被测物理量的变化转换为电容量的变化,再经测量转换电路转换为电压、电流或频率等信号的测量装置。电容式传感器具有零漂小、结构简单、功耗小、动态响应快、灵敏度高等优点,虽然它易受干扰,存在着非线性,且受寄生电容的影响,但随着电子技术的发展,这些缺点已被逐渐克服。因此电容式传感器在对位移、振动、液位、介质等物理量的测量中得到越来越广泛的应用。

4.1 电容式传感器的工作原理与结构形式

电容式传感器的工作原理可以用图 4.1 所示的平板电容器来说明。平板电容器是由 2 个金属极板、中间夹 1 层电介质构成的。当忽略边缘效应时,其电容量为:

$$C = \frac{\varepsilon_r \varepsilon_0 A}{d} = \frac{\varepsilon A}{d} \tag{4.1}$$

式中:A 为电容极板面积;d 为极板间的距离;ε_0 为真空介电常数;ε_r 为极板间介质相对介电常数;ε 为极板间介质介电常数,$\varepsilon = \varepsilon_0 \varepsilon_r$。

由式(4.1)可以看出,式中的 ε、A、d 这 3 个参数中的任何一个发生变化,均可引起电容 C 的变化。因此电容式传感器的实际应用分为 3 种类型:变极距型、变遮盖面积型、变介电常数型。

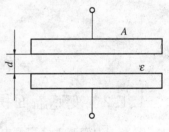

图 4.1 平板电容器

4.1.1 变极距型传感器

变极距型电容式传感器结构示意图如图 4.2 所示。当动极板受被测物作用产生位移时,改变了两极板之间的距离 d,从而使电容器的电容量发生变化。

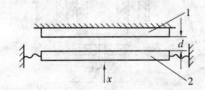

图 4.2 变极距型电容式传感器结构示意图
1—定极板;2—动极板

设初始极距为 d_0,当动极板有位移,使极板间距减小 x 值后,其电容值变大。C_0 为初始电容值,$C_0 = \varepsilon A/d_0$,则有:

$$C_x = \frac{\varepsilon A}{d_0 - x} = C_0\left(1 + \frac{x}{d_0 - x}\right) \tag{4.2}$$

由式(4.2)可知,电容量 C_x 与位移 x 不是线性关系,其灵敏度不为常数,即

$$K = \frac{\mathrm{d}C_x}{\mathrm{d}x} = \frac{\varepsilon A}{(d_0 - x)^2} \tag{4.3}$$

当 d_0 较小时,对于同样的位移 x,灵敏度较高。所以实际使用时,总是使初始极距尽量小些,以提高灵敏度。但这就带来了变极距式电容器的行程较小的缺点,并且两极板间距小,电容器容易击穿。一般变极距式电容式传感器起始电容设置在数十皮法至数百皮法,极距 d_0 设置在 $(20\sim200)\mu m$ 的范围内较为妥当。最大位移应该小于两极板间距的 $1/10\sim1/4$,电容的变化量可高达 $(2\sim3)$ 倍。为了提高传感器的灵敏度,减小非线性,常常把传感器做成差动形式。图4.3为差动变极距型电容式传感器的示意图。中间为动极板(接地),上下两块为定极板。当动极板向上移动 Δx 后,C_1 的极距变为 $d_0 - \Delta x$,而 C_2 的极距变为 $d_0 + \Delta x$,电容 C_1 和 C_2 形成差动变化。经过信号测量转换电路后,灵敏度提高近1倍,线性也得到改善。

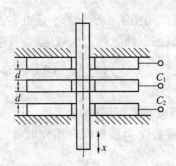

图4.3 差动变极距型电容式传感器示意图

4.1.2 变遮盖面积型传感器

图4.4为变遮盖面积型电容式传感器的结构原理图。

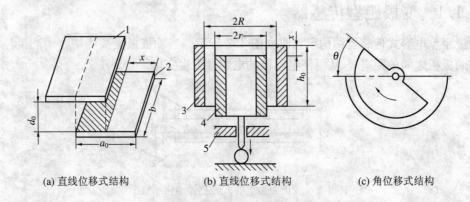

(a) 直线位移式结构   (b) 直线位移式结构   (c) 角位移式结构

图4.4 变遮盖面积型电容式传感器结构原理图
1—动极板;2—定极板;3—外圆筒;4—内圆筒;5—导轨

当定极板不动,动极板作直线运动或转动时,相应地改变了两极板的相对面积,引起电容器电容量的变化。图(a)中,假设两极板原始长度为 a_0,极板宽度为 b,极距为 d_0,当动极板随

被测物体有一位移 x 后,两极板的遮盖面积减小,此时电容量 C_x 为:

$$C_x = \frac{\varepsilon b(a_0 - x)}{d_0} = C_0\left(1 - \frac{x}{a_0}\right) \tag{4.4}$$

式中,$C_0 = \varepsilon b a_0 / d_0$。此传感器的灵敏度为:

$$K = \frac{\mathrm{d}C_x}{\mathrm{d}x} = -\frac{\varepsilon b}{d_0} \tag{4.5}$$

由上式可知,传感器的电容输出与位移成线性关系,灵敏度为常数。此外,增大 b,减小 d_0,可以提高灵敏度。但 d_0 太小,容易引起电容击穿而短路。在实际使用中,可增加动极板和定极板的对数,使多片同轴动极板在等间隔排列的定极板间隙中转动,以提高灵敏度。由于动极板与轴连接,所以一般动极板接地,但必须制作一个接地的金属屏蔽盒,将定极板屏蔽起来。

4.1.3 变介电常数型传感器

因为各种介质的相对介电常数不同,所以在电容器两极板间插入不同介质时,电容器的电容量也就不同,利用这种原理制作的电容式传感器称为变介电常数型电容式传感器,常被用来测量液体的液位和材料的厚度。

图 4.5 为电容液位计原理图。

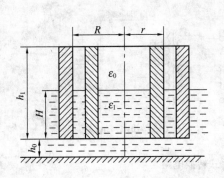
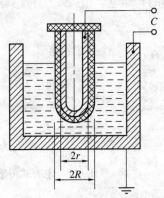

(a) 同轴内外金属管式   (b) 金属管外套聚四氟乙烯套管式

图 4.5   电容液位计原理图

当被测液体(绝缘体)的液面在两个同心圆金属管状电极间上下变化时,引起两极间不同介电常数介质(上面为空气,下面为液体)的高度变化,从而导致总电容量的变化。总电容量由上下介质形成的两个电容器相并联,总电容量与液面高度的关系为:

$$C = C_{空} + C_{液} = \frac{2\pi(h_1 - H)\varepsilon_0}{\ln(R/r)} + \frac{2\pi H \varepsilon_1}{\ln(R/r)} \tag{4.6}$$

式中:h_1 为电容器极板高度;r 为内电极的外半径;R 为外电极的内半径;H 为液面高度;ε_0 为真空介电常数(8.85×10^{-12} F/m);ε_1 为液体的介电常数。

从式(4.6)看出,电容量 C 与液面高度 H 成线形关系。当液罐外壁是导电金属时,可以将其接地,并作为液位计的外电极,如图 4.5(b)所示。当被测介质是导电的液体时,则内电极应采用金属管外套聚四氟乙烯套管式电极,而且外电极也不是液罐外壁,而是该导电介质本身,这时内外电极的极距只是聚四氟乙烯套管的壁厚。

4.2 电容式传感器的测量电路

电容式传感器将被测量转换为电容变化后,需要将电容的变化转换为电压、电流或频率信号。这就需要使用测量转换电路。下面,介绍常用的电容式传感器的测量转换电路。

4.2.1 桥式电路

图 4.6 所示为桥式测量转换电路。图(a)为单臂接法的桥式测量电路,高频电源经变压器接到电容电桥的一个对角线上,电容 C_1、C_2、C_3、C_x 构成电桥的四臂,C_x 为电容式传感器,当交流电桥平衡时有:

$$\frac{C_1}{C_2} = \frac{C_x}{C_3}, \qquad \dot{U}_o = 0 \tag{4.7}$$

当 C_x 改变时,$\dot{U}_o \neq 0$,有电压信号输出。图(b)为差动电容式传感器,其空载输出电压为:

$$\dot{U}_o = \frac{C_{x1} - C_{x2}}{C_{x1} + C_{x2}} \cdot \frac{\dot{U}}{2} = \frac{(C_0 \pm \Delta C) - (C_0 \mp \Delta C)}{(C_0 \pm \Delta C) + (C_0 \mp \Delta C)} \cdot \frac{\dot{U}}{2} = \pm \frac{\Delta C}{C_0} \cdot \frac{\dot{U}}{2} \tag{4.8}$$

式中:C_0 为传感器的初始电容值;ΔC 为传感器的电容变化值。

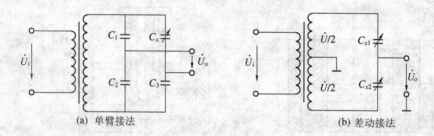

图 4.6 电容式传感器的桥式转换电路

需要注意的是,该转换电路的输出需经过相敏检波电路处理才能分辨 $\dot{U}_o$ 的相位。

4.2.2 调频电路

调频电路是将电容式传感器作为 LC 振荡器谐振回路的一部分,或作为晶体振荡器中的石英晶体的负载电容,其原理如图 4.7 所示。当电容式传感器工作时,电容量 C_x 发生变化,使振荡器的频率发生相应的改变,这样就实现了 C/F 的变换,故称为调频电路。调频振荡器的频率由下式决定:

$$f = \frac{1}{2\pi \sqrt{LC}} \tag{4.9}$$

式中:L 为振荡回路的电感;C 为振荡回路总电容。

振荡器输出的高频电压是一个受被测量控制的调频波,调频的变化在鉴频器中变换为电压幅度的变化,经过放大器放大后就可用仪表来指示。也可将频率信号直接送到计算机的计数定时器进行测量。

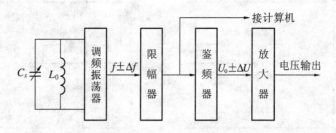

图 4.7 调频电路原理图

这种转换电路抗干扰能力强,能取得高电平的直流信号(伏特数量级),缺点是振荡频率受电缆电容的影响大。随着电子技术的发展,人们直接将振荡器装在电容式传感器旁,就可克服电缆电容的影响。

4.2.3 脉冲宽度调制电路

脉冲宽度调制电路是利用传感器电容的充放电使电路输出脉冲的宽度随电容式传感器的电容量变化而变化,通过低通滤波器得到对应于被测量变化的直流信号。

脉冲宽度调制电路如图 4.8 所示,它由比较器 A_1、A_2 双稳态触发器及电容充放电回路所组成。C_1、C_2 为差动电容传感器,当双稳态触发器的 Q 端输出为高电平时,A 点通过 R_1 对 C_1 充电;同时电容 C_2 通过二极管迅速放电,此时 D 点电位为低电平,直到 C 点电位高于参考电压 U_C 时,比较器 A_1 产生脉冲,触发器翻转,A 点成为低电平,B 点成为高电平,这时重复上述工作直至触发器再次翻转。这样周而复始,在触发器的两输出端,各自产生一个宽度受电容 C_1、C_2 调制的脉冲波形。当 $C_1 = C_2$ 时,A、B 两点间的平均电压为零,若 $C_1 > C_2$,则 C_1 的充电时间大于 C_2 的充电时间,即 $t_1 > t_2$,经低通滤波器后,获得的输出电压平均值为

$$U_o = \frac{t_1 - t_2}{t_1 + t_2} U_I \tag{4.10}$$

式(4.10)中,U_I 为双稳态触发器输出的高电平,图 4.9 是脉冲宽度调制电路的输出电压波形。差动电容的变化使充电时间 t_1、t_2 不相等,从而使触发器输出端的脉冲宽度不同,经滤波器有直流电压输出。

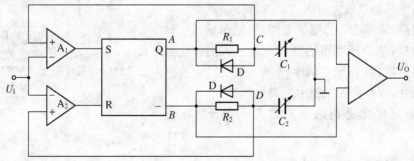

图 4.8 脉冲宽度调制电路

53

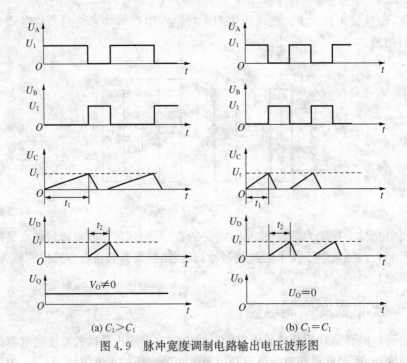

(a) $C_1 > C_1$ (b) $C_1 = C_1$

图 4.9 脉冲宽度调制电路输出电压波形图

4.3 电容式传感器的应用

4.3.1 差动式电容差压传感器

差动式电容差压传感器广泛应用于液体、气体的压力、液体位置及密度等的检测,其结构如图 4.10。它实质上是一个由金属膜片与镀金凹型玻璃圆盘组成的采用差动电容原理工作的位移传感器。当被测压力 p_1 及 p_2 通过过滤器进入空腔时,由于弹性膜片两侧压力差,使膜片凸向压力小的一侧,这一位移改变了两个镀金玻璃圆片与弹性膜片之间的电容量,而电容的变化可由电路加以放大后取出。这种传感器的分辨力很高,采用适当的测量电路,可以测量较小的压力差,响应速度可达数十毫秒。若测量含有杂质的液体,还须在两个进气孔前设置波纹隔离膜片,并在两侧空腔中充满导压硅油,使得弹性平膜片感受到的压力之差仍等于 $p_1 - p_2$。

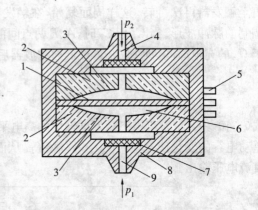

图 4.10 差动式电容差压传感器
1—弹性平膜片(动极);2—凹玻璃圆片;
3—金属镀层(定极);4—低压侧进气孔;
5—输出端子;6—空腔;7—过滤器;
8—壳体;9—高压侧进气孔

4.3.2 电容料位计

利用电容式传感器可以对密封仓内导电性不良的松散物质的料位进行检测,并能进行自动控

54

制。检测料位时，可以用显示灯来监视料位的情况，如到达上限时应停料，到达下限时应加料等。

电容式传感器是悬挂在料仓里的探头，利用它对地形成的分布电容来进行检测。图 4.11 为电容料位计的电路图。整个电路分为信号测量电路和控制电路两部分。测量电路利用 C_x，C_2，C_3，C_4 组成电桥，当 $C_2C_4 = C_3C_x$ 时，电桥平衡，电桥无电压输出。料面增加，C_x 随之增大，电桥失去平衡，电桥输出电压，料面的情况可由电桥输出电压判断。电桥输出的交流信号，经 VT_2 放大后，由 VD_1 检波变成直流信号。电桥的输入电压由 VT_1 和 LC 回路组成的振荡器供电，其频率约为 $70\ kHz$，幅值约为 $250\ mV$。

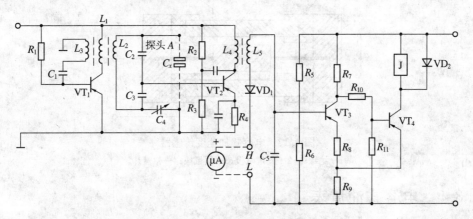

图 4.11　电容料位计电路图

控制电路由 VT_3 和 VT_4 组成的射极耦合触发器及继电器 J 组成。从测量电路送来的直流信号的幅值达到一定值时，触发器翻转，VT_4 由截止变为饱和状态，继电器 J 吸合，控制相应的指示灯亮。

4.3.3　电容测厚仪

电容测厚仪主要用于测量金属带材在轧制过程中的厚度，其工作原理如图 4.12 所示。

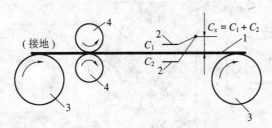

图 4.12　电容测厚仪示意图
1—金属带材；2—电容极板；3—传动轮；4—轧辊

在被测金属带材的上下两侧各放置 1 块面积相等、与带材距离相等的极板，这样极板与带材就形成了两个电容器。把两块极板用导线连接起来作为电容器的一个极板，而金属带材就是电容的另一个极板，其总电容 $C_x = C_1 + C_2 = 2C$。如果带材厚度发生变化，将引起电容量的变化，用交流电桥将电容的这一变化检测出来，再经过放大，即可由显示仪表显示出带材厚度的变化。

4.3.4　电容式加速度传感器

图 4.13 所示为一种空气阻尼的电容式加速度传感器。该传感器采用差动式结构，有两个

固定电极,两极板之间有一个用弹簧片支撑的质量块,此质量块的两个端面经过磨平抛光后作为可动极板。当传感器用于测量垂直方向的微小振动时,由于质量块的惯性作用,使两固定极板相对质量块产生位移,此时,上下两个固定电极与质量块端面之间的电容量产生变化而使传感器有一个差动的电容变化量输出,其值与被测加速度的大小成正比。该传感器频率响应快,量程范围大,在结构上大多采用空气或其他气体作阻尼物质。此外,该传感器还可做得很小,并与测量电路一起封装在一个厚膜集成电路的壳体中。

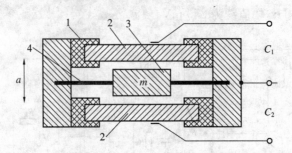

图 4.13　电容式加速度传感器
1—绝缘体;2—固定电极;3—质量块;4—弹簧片

4.3.5　电容式油量表

图 4.14 为电容式传感器测量油箱液位油量的示意图。

当油箱中无油时,电容式传感器的电容量为 C_{x0},调节匹配电容使 $C_0 = C_{x0}$,并使电位器 R_P 的滑动臂位于 0 点,即电阻值为 0。此时,电桥满足 $C_{x0}/C_0 = R_4/R_3$ 的平衡条件,电桥输出为 0。伺服电动机不转动,油量表指针偏转角为 $0°$。

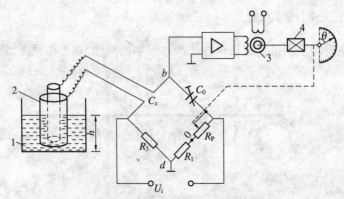

图 4.14　电容式油量表示意图
1—油箱;2—圆柱形电容器;3—伺服电机;4—减速器

当油箱中注满油时,液位上升至 h 处,$C_x = C_{x0} + \Delta C$,而 ΔC 与 h 成正比,此时电桥失去平衡,电桥的输出电压放大后驱动伺服电动机,经减速后带动指针偏转,同时带动 R_P 的滑动臂移动,从而使 R_P 阻值增大。当 R_P 阻值达到一定值时,电桥又达到新的平衡状态,$U_x = 0$,于是伺服电动机停转,指针停留在转角 θ 处。

由于指针及可变电阻的滑动臂同时为伺服电动机所带动,因此,R_P 的阻值与转角 θ 存在着确定的对应关系,即 θ 正比于 R_P 的阻值,而 R_P 的阻值又正比于液位高度 h。因此可直接从刻度盘上读得液位高度 h。

4.3.6 电容式湿敏传感器

电容湿敏传感器主要用来测量环境的相对湿度。传感器的感湿元件是高分子薄膜式湿敏电容,其结构如图4.15所示。它的两个上电极是梳妆金属电极,下电极是一多孔透气性金属电极,上下电极间是亲水性高分子介质膜,两个梳状上电极、高分子薄膜和下电极构成两个串联的电容。当环境相对湿度改变时,高分子薄膜通过网状下电极吸收或放出水分,使高分子薄膜的介质常数发生变化,从而导致电容量改变。

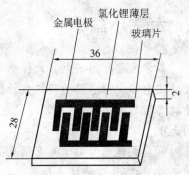

图 4.15 湿敏电容的结构图

4.3.7 电容式接近开关

电容式接近开关是利用变极距型电容式传感器原理设计的。它由高频振荡、检波、放大、整形及输出等部分组成。其中装在传感器主体上的金属板为定板,而被测物体上的相对应位置上的金属板相当于动板。工作时,当被测物体位移后接近传感器主体时(接近的距离范围可通过理论计算或实验取得),由于两者之间的距离发生了变化,从而引起传感器电容量的改变,使输出发生变化。此外,开关的作用表面可与大地之间构成一个电容器,参与振荡回路的工作。当被测物体接近开关的作用表面时,回路的电容量将发生变化,使得高频振荡器的振荡减弱直至停振。振荡器的振荡及停振这两个信号由电路转换成开关信号送给后续开关电路中,从而完成传感器按预先设置的条件发出信号,控制或检测机电设备,使其正常工作。

电容式接近开关主要用于定位及开关报警控制等场合,它具有无抖动、无触点、非接触检测等优点,其抗干扰能力、耐蚀性能等比较好。尤其适合自动化生产线和检测线的自动限位、定位等控制系统,以及一些对人体安全影响较大的机械设备(如切纸机、压模机、锻压机等)的行程和保护控制系统。图 4.16 是人体接近电容式传感器的电路图。C_1 与 L_1 构成并联谐振电路,L_2 和 VT 形成共基接法,C_4 是反馈电容,C_5 是耦合电容,R_3 与 C_3 形成去耦电路。R_1 和 R_2 是偏置电阻,与 C_2 形成选频网络。电位器用于调节接近距离。VD_1 与 VD_2 构成检波电路。C_6 是检波电容,C_0 是人体与金属棒形成的电容。若人体接近金属棒,C_0 变大,与 C_4 并联后使反馈电容增加,与 L_2 形成振荡器的振荡条件遭到破坏,从而减弱振荡,经 VD_1、VD_2 检波后,输出的电压为低电平。否则,振荡器正常振荡,输出高电平。

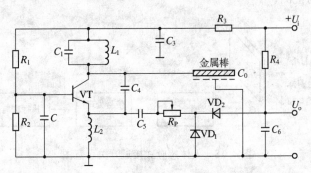

图 4.16 人体接近电容式传感器电路图

本章小结

本章主要介绍了电容式传感器工作原理及在实际检测中的应用。当各种被测量通过敏感元件使电容式传感器的两极板的极距、遮盖面积或两极板间介质的介电常数发生变化时,电容量就要随之变化,然后再经转换电路转换成电压、电流或频率等信号输出,从而反映出被测量的大小。

电容式传感器由于具有精度高、零漂小、结构简单、功耗小、动态响应快、灵敏度高等优点,因而应用广泛,它可用于位移、振动、角度、加速度、压力、压差、液位、料位等物理量的测量。特别是它的非接触测量的特点,使它在自动生产和自动控制方面有较大的应用前途。

习题 4

(1) 电容式传感器有什么主要特点?可用于哪些方面的检测?

(2) 分析脉冲宽度调制电路的工作原理,画图分析 $t_2 > t_1$ 时的电压输出波形。

(3) 平板电容器如图 4.2 所示,极板宽度为 4 mm,间隙为 0.5 mm,差动电容式传感器测量极板间的介质为空气,求其灵敏度。若动极板移动 2 mm,求其电容变化量。

(4) 图 4.17 是电容式加速度传感器,试分析其工作原理。

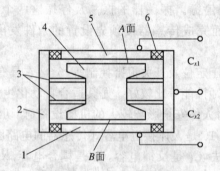

图 4.17 电容式加速度传感器

1,5—定极板;2—壳体;3—弹簧片;4—质量块;6—绝缘体

(5) 图 4.18 是人体感应式接近开关的示意图,请分析其工作原理,并说明该装置还可以用于其他哪些领域的检测。

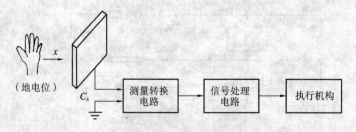

图 4.18 人体感应式接近开关示意图

5 压电式传感器及其应用

5.1 压电式传感器工作原理、结构及测量电路

压电式传感器是一种利用某些电介质受力后所产生的压电效应制成的传感器。某些电介质在有外力作用时,其表面将产生电荷,通过测量电介质所产生的这些电荷量,可以测出外力的大小和方向。因此,压电元件是一种力敏感元件,可以测量那些最终能转换为力的物理量,例如力、压力、加速度、力矩等。

压电式传感器具有灵敏度高、频带宽、质量轻、体积小、工作可靠等优点,随着电子技术的发展,与之配套的转换电路以及低噪声、小电容、高绝缘电阻电缆的相继出现,使压电传感器的使用更加方便,因而在微压力测量、振动测量、生物医学、电声学等方面得到了广泛的应用。

5.1.1 压电式传感器的工作原理

1) 压电效应

科学研究中发现,某些电介质在沿一定的方向受到外力的作用变形时,由于内部电荷的极化现象,会在其表面产生电荷;外力消失时,电荷也随之消失,这种现象称作压电效应。具有压电效应的材料称作压电材料,图 5.1 绘出了某种压电材料晶体在各种受力条件下所产生的电荷的情况。从图中可以看出,改变压电材料的变形方向,可以改变其产生的电荷的极性。实验表明,压电材料的应变、剪应变、体积应变都可以引起压电效应,利用这些效应可以制造出感受各种外力的传感元件。用压电材料制造的传感元件称作压电元件。

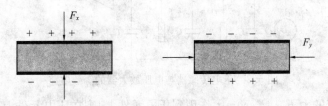

图 5.1　晶体的压电效应

实验证明,压电元件上产生的电荷量 Q 与施加的外力 F_x 成正比。即

$$Q = dF_x \tag{5.1}$$

式中,d 为压电材料的压电系数。

2) 电致伸缩效应

压电效应是可逆的,当在压电元件上沿着电轴的方向施加电场,压电元件将产生机械变形。如果外加电场的大小、方向发生变化,则压电元件的机械变形的大小也随之相应变化,这种现象称作电致伸缩效应。可以想像,当外加电场以很高的频率按正弦规律变化时,压电元件的机械变形也将按正弦规律快速变化,使压电元件产生机械振动,超声波传感器就是利用这种

效应制作的。

3）压电材料

常见的压电材料可分为 3 大类：压电晶体、压电陶瓷与高分子压电材料。

（1）压电晶体

石英晶体是一种性能良好的压电晶体。其突出的优点是性能非常稳定，介电常数与压电系数的温度稳定性特别好，且居里点高，可以达到 575 ℃。此外，石英晶体还具有机械强度高、绝缘性能好、动态响应快、线性范围宽、迟滞小等优点。但石英晶体压电系数较小，灵敏度较低，且价格较贵，所以只在标准传感器、高精度传感器或高温环境下工作的传感器中作为压电元件使用。石英晶体分为天然与人造两种，天然石英晶体的性能优于人造石英的性能，但天然石英价格更高。

（2）压电陶瓷

压电陶瓷是人工制造的多晶体压电材料。与石英晶体相比，压电陶瓷的压电系数很高，制造成本很低。因此，在实际中使用的压电传感器，大多采用压电陶瓷材料。压电陶瓷的弱点是居里点较石英晶体的低，且性能没有石英晶体稳定。但随着材料科学的发展，压电陶瓷的性能正在逐步提高。

5.1.2　压电式传感器的测量电路

由于压电元件上产生的电荷量很小，要想测量出该电荷量，选择一种合适的放大器显得非常重要。考虑到压电元件本身的特性，以及传感器与放大器之间的连接导线，常见的压电传感器的测量电路有以下两种。

1）电压放大器

图 5.2 为压电传感器与电压放大器连接后的等效电路。

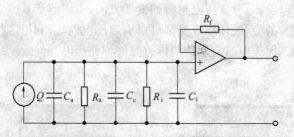

图 5.2　压电传感器与电压放大器的等效电路

假设有一交变的力 $F = F_m \sin \omega t$ 作用到压电元件上，则在压电元件上产生的电荷为 $Q = dF_m \sin \omega t$，d 为压电系数，F_m 为交变力的最大值。则放大器输入端的电压为：

$$U_i = \frac{dF_m \sin \omega t}{C_a + C_c + C_i} \tag{5.2}$$

式中，C_a、C_c、C_i 分别为压电元件的固有电容、导线的分布电容以及放大器的输入电容。因此，放大器的输出与 C_a、C_c、C_i 有关，而与输入信号的频率无关。实际使用时，不能随意更换传感器出厂时的连接电缆，否则，会给测量带来误差。

2）电荷放大器

由于电压放大器在实际使用时受连接导线的限制，因此大多采用电荷放大器。图 5.3 为电荷放大器的等效电路。

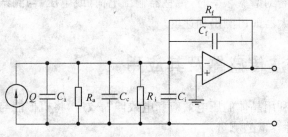

图 5.3　电荷放大器的等效电路

放大器的输出电压为：

$$U_o = -AU_i = \frac{-AQ}{C_a + C_c + C_i + (1+A)C_f} \tag{5.3}$$

由于放大器的增益 A 很大，所以 $C_a + C_c + C_i$ 可以忽略，则放大器的输出电压为：

$$U_o \approx \frac{-AQ}{(1+A)C_f} \approx -\frac{Q}{C_f} \tag{5.4}$$

由式(5.4)可以看出，电荷放大器的输出电压只与反馈电容有关，而与连接电缆无关，更换连接电缆时不会影响传感器的灵敏度，这是电荷放大器的最大优点。

5.2　压电式加速度传感器

压电式加速传感器的结构如图 5.4 所示。在两块表面镀银的压电晶片(石英晶体或压电陶瓷)间夹 1 片金属薄片，并引出输出信号的引线。在压电晶片上放置 1 块质量块，并用硬弹簧对压电元件施加预压缩载荷。静态预载荷的大小应远大于传感器在振动、冲击测试中可能承受的最大动应力。这样，当传感器向上运动时，质量块产生的惯性力使压电元件上的压应力增加；反之，当传感器向下运动时，压电元件的压应力减小，从而输出与加速度成正比例的电信号。

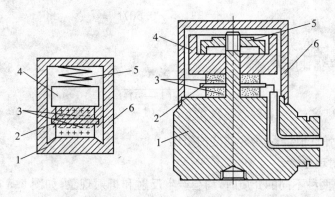

图 5.4　压电式加速度传感器的结构图

1—基座；2—电极；3—压电晶片；4—质量块；5—弹性元件；6—外壳

传感器整个组件装在一个原基座上，并用金属壳体加以封罩。为了隔离试件的任何应变传递到压电元件上去，基座尺寸较大。测试时传感器的基座与测试件刚性连接。当测试件的振动频率远低于传感器的谐振频率时,传感器输出电荷(或电压)与测试件的加速度成正比,经电荷放大器或电压放大器即可测出加速度。

5.3　超声波传感器及其应用

超声波传感器是利用晶体的压电效应和电致伸缩效应,将机械能与电能相互转换,并利用波的特性,实现对各种参量的测量。

5.3.1　超声波的特性

人们能听到的声音是由物体振动产生的,它的频率在 $0.02\sim20$ kHz 范围内。频率超过 20 kHz 的声波称为超声波,低于 20 Hz 的声波称为次声波。检测中常用的超声波频率范围为几十 kHz 到几十 MHz。

超声波是一种在弹性介质中的机械振荡,它的波形有纵波、横波、表面波 3 种。质点的振动方向与波的传播方向一致的波称为纵波;质点的振动方向与波的传播方向垂直的波称为横波;质点的振动介于纵波与横波之间,沿着表面传播,振幅随着深度的增加而迅速衰减的波称为表面波。横波、表面波只能在固体中传播,纵波可在固体、液体及气体中传播。

超声波具有以下基本性质。

1) 传播速度

超声波的传播速度与介质的密度和弹性特性有关,也与环境条件有关。对于液体,其传播速度为:

$$c=\sqrt{\frac{1}{\rho B_{\mathrm{g}}}} \tag{5.5}$$

式中: ρ 为介质的密度; B_{g} 为绝对压缩系数。

在气体中,超声波的传播速度与气体种类、压力及温度有关,在空气中的传播速度 c(单位为 m/s)为:

$$c=331.5+0.607t \tag{5.6}$$

式中, t 为环境温度,单位为℃。

对于固体,其传播速度为:

$$c=\sqrt{\frac{E(1-\mu)}{\rho(1+\mu)(1-2\mu)}} \tag{5.7}$$

式中: E 为固体的弹性模量; μ 为介质的泊松比。

2) 反射和折射现象

超声波在通过两种不同的介质时,均会产生反射和折射现象,如图 5.5 所示,并有如下的关系:

$$\frac{\sin\alpha}{\sin\beta}=\frac{c_1}{c_2} \tag{5.8}$$

式中: c_1、c_2 为超声波在两种介质中的速度; α 为入射角; β 为折射角。

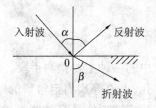

图 5.5　超声波的折射和反射

3）传播中的衰减

随着超声波在介质中传播距离的增加,由于介质吸收能量而使超声波强度有所衰减。若超声波进入介质时的强度为 I_0 ,通过介质后的强度为 I ,则它们之间的关系为:

$$I = I_0 e^{-Ad} \tag{5.9}$$

式中: d 为介质的厚度; A 为介质对超声波能量的吸收系数。

介质的密度越小,衰减越快,尤其在频率高时则衰减更快。因此,在空气中通常采用频率较低的超声波,而在固体、液体中则采用频率较高的超声波。

利用超声波的特性,可做成各种超声波传感器(它包括超声波的发射和接收),配上不同的电路,可制成各种超声波仪器及装置,应用于工业生产、医疗、家电等行业中。

5.3.2　超声波传感器的应用

超声波传感器是一种可逆换能器,它可以将电能转换成机械能(超声波发射),也可将机械能转换成电能(超声波接收)。超声波的应用主要是利用它的透射和反射特性。

1）超声波传感器在液位测量中的应用

利用超声波的特性,可以测量出液位的高度。常见的液位测量方法如图 5.6 所示。

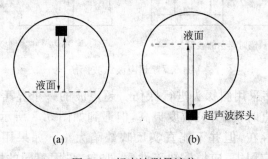

(a)　　　　　　　(b)

图 5.6　超声波测量液位

由于超声波在某一介质中的传播速度一定,并且遇到两种介质分界面时会产生反射现象,所以只要知道超声波在介质中的传播速度 c ,并测出超声波从开始发射到接收到超声波这段时间 t ,就可以计算出超声波行进的距离,从而得出超声波探头到介质面的距离 S :

$$S = \frac{tc}{2} \tag{5.10}$$

图 5.6(a)中的测量方法比较简单,精度较高,但对于石油、化工行业中的液位测量就显得不太方便,并且对传感器的安全性能要求较高。尤其是对那些已经盛装液体的容器,由于化工行业中大部分液体均属于易燃、易爆、有毒性,所以这种方法很难实现。而图 5.6(b)中的测量

方法就可以克服上述缺点。

2）超声波探伤及流量测量

（1）超声波探伤

超声波探伤是无损探伤技术中的一种主要检测手段。它主要用于检测板材、管材、锻件和焊缝等材料中的缺陷（如裂缝、气孔、夹渣等）、测定材料的厚度、检测材料的晶粒、配合断裂力学对材料使用寿命进行评价等。超声波探伤具有检测灵敏度高、速度快、成本低等优点，因而得到人们普遍的重视，并在生产实践中得到广泛的应用。

超声波探伤方法很多，最常用的是脉冲反射法。而脉冲反射法根据超声波波型的不同又可分为纵波探伤、横波探伤和表面波探伤。

① 纵波探伤。使用直探头进行探伤。测试前先将探头插入探伤仪的连接插座上。探伤仪面板上有一个显示屏，通过显示屏就可得知工件中是否存在缺陷、缺陷大小及缺陷的位置。测试时探头放于被测工件上，并在工件上来回移动进行检测。探头发出的纵波超声波，以一定的速度向工件内部传播，如果工件中没有缺陷，则超声波传到工件底部才发生反射，在显示屏上只出现始脉冲 T 和底脉冲 B，如图 5.7(a) 所示。如果工件中有缺陷，则一部分声脉冲在缺陷处产生反射，另一部分继续传播到工件底面产生反射。在显示屏上除出现始脉冲 T 和底脉冲 B 外，还出现缺陷脉冲 F，如图 5.7(b) 所示。显示屏上的水平亮线为扫描线（时间基线），其长度与工件的厚度成正比（可调），通过缺陷脉冲在显示屏上的位置可确定缺陷在工件中的位置。亦可通过缺陷脉冲的幅度的高低来判别缺陷当量的大小。如果缺陷面积大，则缺陷脉冲的幅度就高，通过移动探头还可确定缺陷的大致长度。

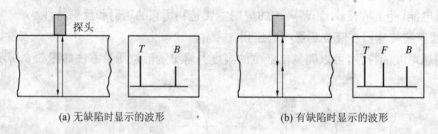

(a) 无缺陷时显示的波形   (b) 有缺陷时显示的波形

图 5.7 超声波纵波探伤

② 横波探伤。大多采用斜探头进行探伤。超声波的一个显著特点是：超声波波束中心线与缺陷截面积垂直时，探头灵敏度最高，但遇到如图 5.8 所示的缺陷时，用直探头探测虽然可探测出缺陷存在，但并不能真实反映缺陷大小。如果用斜探头探测，则探伤效果较佳。因此在实际应用中，应根据缺陷性质、取向，采用不同的探头进行探伤。有些工件的缺陷性质及取向事先不能确定，为了保证探伤质量，则应采用几种不同探头进行多次探测。

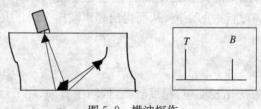

图 5.8 横波探伤

③ 表面波探伤。主要是检测工件表面附近的缺陷存在与否，如图 5.9 所示。当超声波的

入射角超过一定值后,折射角可达到 90°,这时固体表面受到超声波能量引起的交替变化的表面张力作用,质点在介质表面的平衡位置附近作椭圆轨迹振动,这种振动称为表面波。当工件表面存在缺陷时,表面波被反射回探头,可以在显示屏上显示出来。

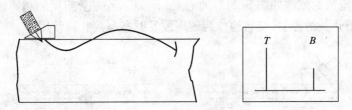

图 5.9　表面波探伤

　　随着电子技术的不断发展,目前所使用的探伤仪大多采用数字显示或点阵液晶显示,并使用单片机进行处理,从而使探伤仪的准确度及精度大大提高。

　　(2) 流量测量

　　如图 5.10 所示,在被测管道相距一定的距离上,分别安装两对超声波发射和接收探头 (F_1, T_1)、(F_2, T_2),其中 (F_1, T_1) 的超声波是顺流传播的,而 (F_2, T_2) 的超声波是逆流传播的。根据这两束超声波在流体中传播速度的不同,采用测量两接收探头上超声波传播的时间差、相位差或频率差等方法,可测量出流体的平均速度及流量。

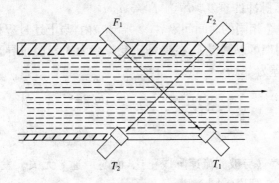

图 5.10　超声波流量计原理

　　设超声波传播方向与流体流动方向的夹角为 α,流体在管道内的平均流速为 v,超声波在静止流体中的传播速度为 c,管道的内径为 d。则超声波由 F_1 至 T_1 的绝对传播速度为 $v_1 = c + v\cos\alpha$,超声波由 F_2 至 T_2 的绝对传播速度为 $v_2 = c - v\cos\alpha$。超声波顺流传播的时间差为:

$$\Delta t = t_2 - t_1 = \frac{d/\sin\alpha}{c - v\cos\alpha} - \frac{d/\sin\alpha}{c + v\sin\alpha} = \frac{2dv\cot\alpha}{c^2 - v^2\cos^2\alpha}$$

$$\Delta t \approx \frac{2dv}{c^2}\cot\alpha \tag{5.11}$$

因为 $v \ll c$,所以

$$v = \frac{c^2}{2d}\tan\alpha\Delta t$$

则体积流量为:

$$q_v \approx \frac{\pi}{4}d^2 v = \frac{\pi}{8}dc^2\tan\alpha\Delta t \tag{5.12}$$

由此可知,流速及流量均与时间成正比,而时间差可用标准时间脉冲计数器来实现。上述方法称为时间差法。在这种方法中,流量与声速有关,而声速一般随介质温度的变化而变化,因此将造成温漂。如果使用下述频率差法测流量,则可克服温度的影响。

频率差法测流量的原理如图 5.11(a)所示。F_1、F_2 是完全相同的超声波探头,安装在管壁外面,通过电子开关的控制,交替地作为超声波发射器与接收器使用。

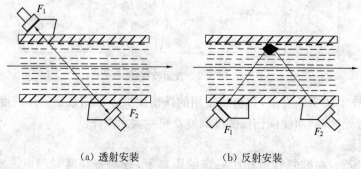

(a) 透射安装   (b) 反射安装

图 5.11　频率差法测流量的原理图

首先,由 F_1 发射出第一个超声脉冲,它通过管壁、流体及另一侧管壁被 F_2 接收,此信号经放大后再次触发 F_1 的驱动电路,使 F_1 发射第二个超声脉冲……设在一个时间间隔 t_1 内,F_1 共发射了 n_1 个脉冲,脉冲的重复频率为 $f_1 = n_1/t_1$。

在紧接下去的另一个相同的时间间隔 $t_2(t_2 = t_1)$ 内,与上述过程相反,由 F_2 发射超声脉冲,而 F_1 作接收器。同理可以测得 F_2 的脉冲重复频率为 f_2。经推导,顺流发射频率 f_1 与逆流发射频率 f_2 的频率差为:

$$\Delta f = f_1 - f_2 \approx \frac{\sin 2\alpha}{d} v \tag{5.13}$$

式中,d 为管道内径。

由上式可知,频率差只与被测流速 v 成正比,而与声速 c 无关。发射、接收探头也可如图 5.11(b)所示那样,安装在管道的同一侧。

超声流量计的最大特点是:探头可装在被测管道的外壁,实现非接触测量,既不干扰流体,又不受流体参数的影响。其输出与流量基本上成线性关系,且精度一般可达 ±1%,其价格不随管道直径的增大而增加,因此特别适合大口径管道和混有杂质或腐蚀性液体的测量。另外,液体流速还可采用超声多普勒法测量,在此不再赘述。

3) 超声波在车辆、交通信号控制系统中的应用

利用超声波的反射特性,可以测量超声波探头到被测物的距离,也可以对被测物体进行计数。图 5.12 为汽车防撞报警器,报警距离 2～3 m。图中 LM1812 为超声波专用集成电路,其内部主要包括脉冲调制 C 类振荡器、高增益接收器、脉冲调制检测器和噪声抑制电路。8 脚为发送/接收控制端,高电平发射,低电平接收。

图 5.13 为 LM1812 内部框图及外围元件。表 5.1 为 LM1812 的引脚及外围元件功能。由于接收器的增益很高,超声波传感器的引线必须用屏蔽电缆连接,并且 1 脚和 4 脚上的元件要远离,避免产生自激振荡。

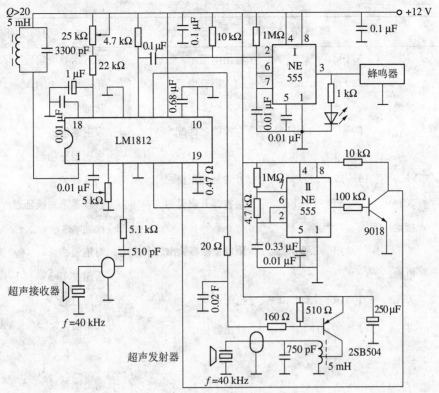

图 5.12 汽车防撞报警器

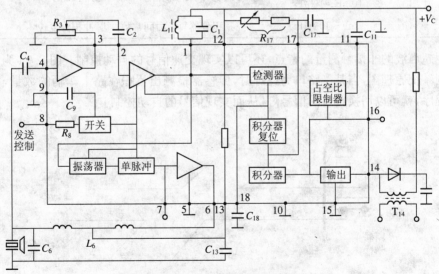

图 5.13 LM1812 内部框图及外围元件

表 5.1 LM1812 的引脚及外围元件功能

引脚	元 件	典 型 值	元件功能	引脚说明
1	L_1	500 μH～5 mH	发射与接收振荡频率设定	第二增益级输出/振荡器
	C_1	250 pF～2.2 nF		
2	C_2	500 pF～10 nF	耦合电容	第二增益级输入

67

引脚	元　件	典　型　值	元件功能	引脚说明
3	R_3	5.1 kΩ	输出电阻	第一增益级输出
4	C_4	100 pF～10 nF	输入耦合电容	第一增益级输入
5	接地	—	—	接地
6	L_6	50 μH～10 mH	与换能器匹配	发射器输出
7	NC	—		发射器驱动器
8	R_8	1～10 kΩ	开关脉冲限流	切换开关
9	C_9	100 nF～10 μF	接收器开启延迟	接收器第二级延迟
10	接地	—		接地
11	C_{11}	200 nF～2.2 μF	限制检测器输出的占空比	对地短路失效
12	电源	—		不超过 18 V，一般为 12 V
13	C_{13}	100 μF～1 000 μF	电源退耦	电源退耦
14	T_{14}	$L>50$ mH	检出器输出	检出器输出
15	接地	—	—	—
16				输出驱动器
17	R_{17} C_{17}	开路～22 kΩ 10 nF～10 μF	控制积分时间常数	噪声控制
18	C_{18}	1 nF～100 μF	控制积分器复位时间常数	脉冲积分复位

　　利用超声波的非接触测量的特点，还可以实现交通信号的自动控制。图 5.14 为交通信号自动控制系统原理图，当某一路口为红灯时，传感器检测出累积在路上车辆的数量，根据事先编好的程序，就可以切换路口的信号灯，从而实现信号的自动控制。

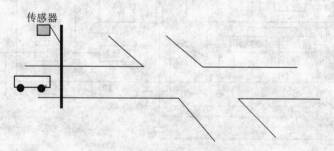

图 5.14　交通信号自动控制系统

本章小结

　　压电式传感器是利用晶体的压电效应和电致伸缩效应工作的。利用压电传感器可以测量最终能够变换成力的物理量，如位移、加速度等。常见的压电式传感器有加速度传感器，利用它可以检测振动的速度、加速度以及振动的幅度。常见的压电材料有石英晶体和人造压电陶瓷,压电传感器的测量电路有电压放大器和电荷放大器。电压放大器的灵敏度与传感器到放大器的连接电缆有关,所以使用场合受到限制,而电荷放大器的灵敏度只与放大器的反馈电容有关,所以目前广泛使用。

利用压电元件的电致伸缩效应可以发射超声波,利用超声波的特性可以实现遥测、遥控。它广泛应用于位移、液位以及液体流量的测量。

习题 5

(1) 什么是压电效应? 压电效应是否可逆?

(2) 常见的压电材料有哪些? 各有何特点?

(3) 电压放大器有何特点? 使用时要注意哪些问题?

(4) 电荷放大器有何特点? 如何改变它的灵敏度?

(5) 超声波有哪些特性? 利用超声波传感器可以测量哪些物理量?

6 霍尔传感器及其应用

霍尔传感器是利用半导体材料的霍尔效应进行测量的传感器。它可以测量与磁场及电流有关的物理量。目前,所使用的霍尔传感器基本上都是霍尔集成电路。霍尔传感器广泛应用于位移、磁场、电子记数、转数等参数的测控系统中。

6.1 霍尔传感器及其集成电路

6.1.1 霍尔传感器的工作原理

1) 霍尔效应

霍尔元件是利用霍尔效应制成的磁敏元件。若在图 6.1 所示的金属或半导体薄片两端通以控制电流 I,并在薄片的垂直方向上施加磁感应强度为 B 的磁场,那么,在垂直于电流和磁场的方向上将产生电势 U_H(称为霍尔电势电压)。这种现象称为霍尔效应。

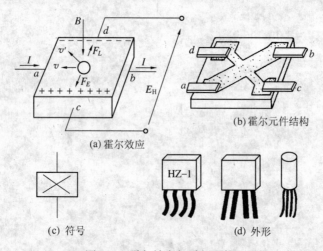

(a) 霍尔效应

(b) 霍尔元件结构

(c) 符号

(d) 外形

图 6.1 霍尔效应与霍尔元件

霍尔效应的产生是由于运动电荷受到磁场中洛伦兹力作用的结果。霍尔电势 U_H 可用下式表示:

$$U_H = K_H IB \tag{6.1}$$

式中,K_H 为霍尔元件的灵敏度。

由上式可知,霍尔电势的大小正比于控制电流和磁感应强度,霍尔元件的灵敏度 K_H 与元件材料的性质、几何尺寸有关。为求得较大的灵敏度,一般采用霍尔常数比较大的 N 型半导体材料做霍尔元件。霍尔元件材料通常采用 N 型锗、锑化铟、砷化铟、砷化镓及磷砷化铟等。

砷化铟元件及锗元件的输出不如锑化铟的大,但温度系数小,并且线性度也好。采用砷化镓的元件温度特性好,但价格较贵。

2）霍尔元件的主要技术参数

（1）输入电阻 R_i 和输出电阻 R_o。

霍尔元件控制电流极间的电阻为输入电阻;霍尔电势极间的电阻为输出电阻。输入电阻与输出电阻一般为几欧到几百欧。通常,输入电阻的阻值大于输出电阻,但相差不太多,使用时不能搞错。

（2）额定控制电流 I_C

额定控制电流为使霍尔元件在空气中产生 10 ℃温升的控制电流。额定控制电流 I_C 的大小与霍尔芯片的尺寸有关;尺寸越小,额定控制电流越小,一般为几毫安(尺寸大的可达数百毫安)。

（3）不等位电势(也称为非平衡电压或残留电压) U_o 和不等位电阻 R_o

霍尔元件在额定控制电流作用下,不加外磁场时,其霍尔输出极间的电势为不等位电势。它主要与两个电极不在同一个等位面上及其材料电阻率不均等因素有关,可以用输出电压表示,或用空载霍尔电压 U_H 的百分数表示,一般不大于 10 mV 或 $\pm 20\% U_H$。

不等位电势与额定控制电流之比称为不等位电阻。

（4）灵敏度 K_H

灵敏度是在单位磁感应强度下,通以单位控制电流所产生的霍尔电势。

（5）寄生直流电势 U_{0D}

在不加外磁场时,交流控制电流通过霍尔元件而在霍尔电势间产生直流电势寄生直流电势。它主要是由电极与基片之间的非完全欧姆接触所产生的整流效应造成的。

（6）霍尔电势温度系数 α

α 为温度每变化 1 ℃时霍尔电势变化的百分率。这一参数对测量仪器十分重要。若仪器要求精度高,则要选择 α 值小的元件,必要时还要加温度补偿电路。

（7）电阻温度系数 β

β 为温度每变化 1 ℃时霍尔元件材料的电阻变化率(用百分比表示)。

6.1.2　霍尔集成电路

将霍尔元件、放大器、温度补偿电路、输出电路及稳压电源等集成在一块芯片上,称为霍尔集成电路,常见的有线性型和开关型两种。

1）线性型霍尔集成传感器

在一定的控制电流条件下,线性型霍尔传感器的输出电压与外加磁场强度呈线性关系。它有单端输出型与双端输出型两种,如图 6.2 所示。单端输出型线性集成电路 UGN - 3501T 是一种塑封三端元件。双端输出型线性集成电路 UGN - 3501M 采用 8 脚封装。第 1、8 脚分别为输入端、输出端。在实际使用时,要考虑电源、磁场强度以及温度对传感器灵敏度的影响,详细内容可参阅元件性能参数。

2）开关型霍尔集成传感器

常见的霍尔开关集成电路有 UGN - 3000 系列,其外形与 UGN - 3501T 相同,内部由霍尔元件、放大器、整形电路及输出电路组成,如图 6.3 所示。

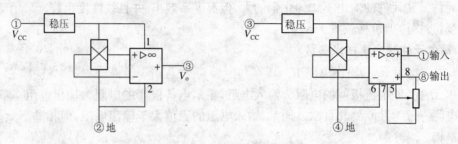

图 6.2　线性霍尔集成电路

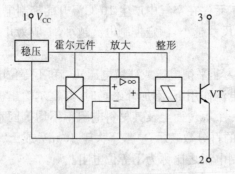

图 6.3　开关型霍尔集成电路

6.2　霍尔传感器在转速测量中的应用

6.2.1　霍尔计数与霍尔转速表

利用开关型霍尔集成电路可以对导磁性金属产品进行计数或转速测量。图 6.4 为转速测量示意图,霍尔元件输出信号经放大、整形后由电子计数器计数并显示,或送入计算机处理后实现自动控制。

图 6.4　转速测量示意图

6.2.2　霍尔电流、电压传感器

由于通过导体的电流与加在导体两端的电压成正比,且在导体周围产生的磁场与电流强度有关。因此,只要测量出导体周围磁场强度的变化,就可以测出导体中的电流或导体两端的电压。霍尔电流、电压传感器就是利用这种原理工作的。图 6.5 为电流传感器示意图。利用霍尔电压、电流传感器可以测量常规电子仪器不宜测量的电压或电流,并且可以实现自动测量与控制。

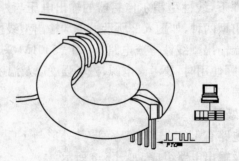

图 6.5　霍尔电流传感器示意图

6.2.3 霍尔电机与霍尔汽车无触点电子点火器

1）霍尔电机

图6.6为霍尔电机工作原理图。电机的转子是由磁钢制成（1对磁极），定子由4个极靴 a、b、c、d 绕上线圈 L_a、L_b、L_c 及 L_d 组成，各个线圈都通过相应的三极管 $VT_1 \sim VT_4$ 供电。霍尔元件 H_1 及 H_2 配置在电角度相差90°的位置（设在 a 及 d 电极上）。如图所示的旋转方向，当定子 a 的位置上有转子的 N 极时霍尔元件 H_1 上产生 d 方向的霍尔电压 U_{Hd}，这个电压使 VT_4 导通，电流 I_d 流过线圈 d 后将定子电极 d 磁化为 S 极。这样，转子的 N 极将受到电极 d 的吸引而朝箭头方向旋转90°。在转子 N 极向电极 d 旋转时，H_1 上没有外加磁场，它的输出为0。

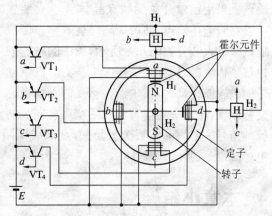

图6.6 霍尔电机工作原理图

当转子的 N 极转到 d 电极时，在霍尔元件 H_2 上产生 c 方向的霍尔电压 U_{Hc}，这个电压使 VT_3 导通，而使 c 电极磁化形成 S 极，因此，转子再由电极 d 向电极 c 转90°，依次类推，转子就旋转起来了。

无刷霍尔电机与有刷电机相比，具有以下优点：

（1）由于无电刷，没有磨损问题，寿命长，可靠性高。

（2）良好的旋转特性，可以取得很宽广的转速特性。

（3）噪声低。

（4）起动转距为额定的2～3倍，稳定度高。

霍尔电机的参考电路如图6.7所示。

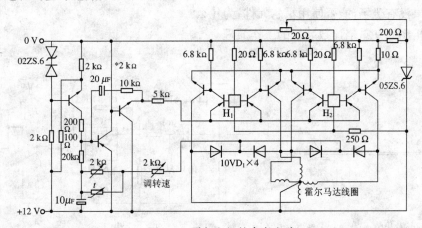

图6.7 霍尔电机的参考电路

电路中用 2 kΩ 电位器作转速调整，并由 2 kΩ 可变电阻与热敏电阻并联作温度补偿。霍尔元件采用齐纳二极管（5.6 V）稳压后提供控制电流，其 2 kΩ 电位器作为平衡调整，使流过两霍尔元件的控制电流相等。

2）霍尔汽车无触点点火器

传统的汽车汽缸点火装置使用机械的分电器，存在着点火时间不准确、触点易磨损等缺点。采用霍尔开关无触点晶体管点火装置可以克服上述缺点，并可提高燃烧效率。四汽缸汽车点火装置如图 6.8 所示，图中的磁轮鼓代替了传统的凸轮及白金触点。发动机主轴带动磁轮鼓转动时，霍尔器件感受的磁场极性交替改变，输出一连串与汽缸活塞运动同步的脉冲信号去触发晶体管功率开关，点火线圈两端产生很高的感应电压，使火花塞产生火花放电，完成汽缸点火过程。

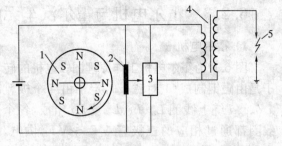

图 6.8　霍尔点火装置示意图

本章小结

霍尔传感器是一种磁敏感元件，它是利用霍尔效应工作的。霍尔效应产生的霍尔电势与通过的控制电流以及垂直于霍尔元件的磁感应强度有关。利用霍尔传感器可以测量最终能够转换成电流、磁感应强度的物理量。由于霍尔元件的材料属于半导体，所以把测量电路集成在一块芯片上，构成霍尔集成电路。常见的霍尔集成电路有开关型和线性型。实际应用中，常利用霍尔集成电路测量位移、磁场强度、转速以及电流、电压。

习题 6

(1) 什么是霍尔效应？霍尔电势与哪些因素有关？

(2) 何谓霍尔集成电路？常见的有哪些？各用于哪些方面？

(3) 举例说明霍尔元件在车辆上的应用。

(4) 如果没有磁场，能否使用霍尔元件，为什么？

(5) 分析图 6.9 霍尔计数装置的工作原理。

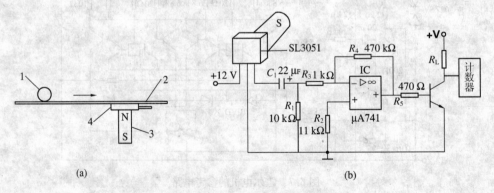

图 6.9　霍尔计数装置和电路

1—被测金属件；2—传送带；3—磁铁；4—霍尔传感器

7 热电式传感器及其应用

温度是最重要的环境参数之一,在人民生活、工业生产及科学研究等领域中,温度的测量都占有极重要的地位。

热电式传感器是一种将温度变化转换为电量变化的装置,它通过测量传感元件的电磁参数随温度的变化来实现温度的测量。热电式传感器的种类很多。在各种热电式传感器中,以将温度转换为电势和电阻的方法最为普遍。其中:将温度的变化转换为电势的热电式传感器称为热电偶;将温度的变化转换为电阻的热电式传感器有热电阻及热敏电阻。这3种热电式传感器均已得到广泛应用。本章主要讨论这3种传感器。

7.1 热电偶原理、结构及其应用

热电偶是目前工业温度测量领域中应用最广泛的传感器之一,它与其他温度传感器相比具有以下突出的优点:

(1)能测量较高的温度,常用的热电偶能长期用来测量300 ℃~1 300 ℃的温度,一般可达-270 ℃~+2 800 ℃,可满足一般工程测温的要求。

(2)热电偶把温度转换为电势,测量方便,便于远距离传输,有利于集中检测和控制。

(3)结构简单、准确可靠、性能稳定、维护方便。

(4)热容量和热惯性都很小,能用于快速测量。

7.1.1 热电偶测温的基本原理

1)热电效应

如图 7.1 所示,将两种不同的导体 A、B 连成闭合回路,且两节点的温度不同,则回路内将有电势产生,这种现象叫做热电效应,回路内的电势称为热电势。产生热电势的主要原因是:两金属 A、B 内电子密度 n_A、n_B 不同,当 A、B 形成节点时,由于节点两侧存在电子密度差而发生电子扩散,使一侧失去电子而带正电荷,另一侧得到电子而带负电荷,最终节点两侧形成稳定的电动势,这个电动势是由于不同金属接触而形成的,所以人们很形象地把它称为接触电势。回路内各节点形成的接触电势共同构成热电偶的热电势。

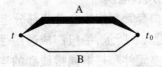

图 7.1 热电偶原理示意图

图 7.1 中热电偶的热电势近似为:

$$E_{AB}(t,t_0) = \frac{K}{e}(t-t_0)\ln\frac{n_A}{n_B} \tag{7.1}$$

式中，K 为波尔兹曼常数；t、t_0 为热电偶两节点的绝对温度；E 为回路中的电动势；e 为电子的电荷量；n_A、n_B 为两金属 A、B 的电子密度。

两金属的电子密度近似为常数，所以由式（7.1）可得出热电偶的热电势 $E_{AB}(t,t_0)$ 与热电偶两节点的温度差 $(t-t_0)$ 成正比。

若令温度 t_0 已知且固定，将热电偶的 t 端置于待测温度的被测对象中，即令 t 等于待测温度，则通过测量热电偶的热电势可实现待测温度 t 的测量。这就是热电偶测温的基本原理。其中，组成热电偶的导体 A、B 称为热电偶的热电极；置于温度为 t 的被测对象中的节点称为测量端（工作端或热端）；置于参考温度为 t_0 的另一节点称为参考端（自由端或冷端）。

2）热电偶基本定律

由式（7.1）可知：

（1）只有由不同导体组成的热电偶其两节点的温度不同时，回路内才有热电势产生。热电势的大小只与两热电极材料的性质及两节点的温度有关，而与热电极的形状、大小无关。

（2）中间导体定律：在热电偶中插入第三种材料，只要插入材料两端的温度相同，对热电偶的总热电势没有影响。

该定律具有特别重要的实际意义。如图 7.2 热电偶测量回路中，接入的测量仪表可视为第三种材料，对热电偶的热电势无影响。

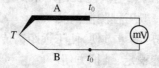

图 7.2　热电偶测量回路

（3）中间温度定律：热电偶在节点温度为 (t,t_0) 时的电动势 $E_{AB}(t,t_0)$ 等于该热电偶在节点温度为 (t,t_n) 及 (t_n,t_0) 时的热电势 $E_{AB}(t,t_n)$ 与 $E_{AB}(t_n,t_0)$ 之和。即

$$E_{AB}(t,t_0) = E_{AB}(t,t_n) + E_{AB}(t_n,t_0) \tag{7.2}$$

7.1.2　热电偶的结构和种类

1）热电偶的结构

热电偶广泛用于工业生产中进行温度的测量、控制，根据热电偶的用途及安装位置、方式的不同，具有多种结构形式，但其基本组成大致相同。

（1）普通型热电偶（工业装配式热电偶）

一般由热电极、绝缘套管、保护套管和接线盒等几部分组成。其中，热电极、绝缘套管和接线座组成热电偶的感温元件，如图 7.3 所示，一般制成通用性部件，可以装在不同的保护管和接线盒中。接线座作为热电偶感温元件和热电偶接线盒的连接件，将感温元件固定在接线盒上，其材料一般使用耐火陶瓷。

① 热电极：作为测温敏感元件，是热电偶温度传感器的核心部分，其测量端一般采用焊接方式构成。贵金属热电极直径一般为 0.35～0.65 mm；普通金属热电极直径一般为 0.5～3.2 mm；热电极的长短由安装条件决定，一般为 250～300 mm。

② 绝缘套管：用于防止两根热电极短路，通常采用陶瓷、石英等材料。

③ 保护管：套在热电极（含绝缘套管）之外，防止热电偶被腐蚀，避免火焰和气流直接冲击以及提高热电偶强度。

④ 接线盒：用来固定接线座和连接外接导线，保护热电极免受外界环境侵蚀，保证外接导线与接线柱良好接触。接线盒一般由铝合金制成，出线孔和盖子都用垫圈加以密封，以防污物落入而影响接线的可靠性。根据被测介质温度和现场环境条件的要求，设计成普通型、防溅型、防水型、防爆型等不同形式。

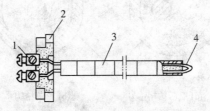

图 7.3 热电偶的感温元件

1—接线柱；2—接线座；3—绝缘套管；4—热电极

接线盒与感温元件、保护管装配成热电偶产品，即形成相应类型的热电偶温度传感器，如图 7.4 所示。

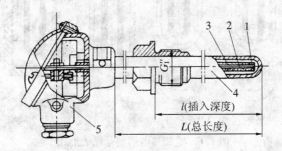

图 7.4 热电偶结构示意图

1—测量端；2—热电极；3—绝缘套管；4—保护管；5—接线盒

普通型热电偶部分产品外形图如图 7.5 所示。

图 7.5 几种实际热电偶外形图

（2）铠装式热电偶（缆式热电偶）

将热电极、绝缘材料连同保护管一起拉制成型，经焊接密封和装配等工艺制成的坚实的组合体,其断面结构如图 7.6 所示。套管可长达 100 m,管外径最细能达 0.25 mm。分为单支式(2 芯)、双支式(4 芯)和 3 支式(6 芯)几种。铠装热电偶已实现标准化、系列化。铠装热电偶体积小、热容量小、动态响应快;具有良好的柔性,便于弯曲;强度高、抗震性能好,因此被广泛用于工业生产过程,特别是高压装置和狭窄管道温度的测量。

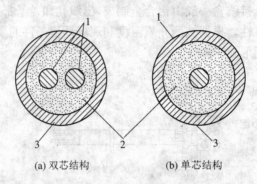

(a) 双芯结构　　　　(b) 单芯结构

图 7.6　铠装热电偶断面结构

1—闪电极　　2—绝缘材料　　3—套管

根据测量端的不同,铠装式热电偶有以下几种形式,如图 7.7 所示。

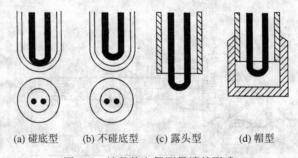

(a) 碰底型　　(b) 不碰底型　　(c) 露头型　　(d) 帽型

图 7.7　铠装热电偶测量端的形式

① 碰底型:热电偶测量端和管套焊在一起,其动态响应比露头型慢,但比不碰底型快。

② 不碰底型:测量端焊接并密封在管套内,热电极与管套之间绝缘,是最常用的形式。

③ 露头型:测量端暴露在管套外面,动态响应好,但仅在干燥、非腐蚀性介质中使用。

④ 帽型:把露头型的测量端套上一个用管套材料做成的保护管,用银焊密封起来。

(3) 薄膜热电偶

薄膜热电偶是由两种金属薄膜连接而成的一种特殊结构的热电偶,如图 7.8 所示。它的测量端既小又薄,热容量很小,动态响应快,可用于微小面积上测量温度,以及测量快速变化的表面温度。

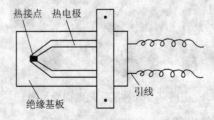

图 7.8　薄膜热电偶结构示意图

测量时,薄膜热电偶用粘结剂紧贴在被测表面,热损失很小,测量精度高。但由于受粘结剂及衬垫材料限制,测量温度范围一般限于-200 ℃~300 ℃。

(4) 表面热电偶

它主要用于测量各种固体表面,如金属块、炉壁、涡轮叶片等的温度。

(5) 浸入式热电偶(消耗型热电偶或快速热电偶)

它主要用于测量钢水、铝水以及其他熔融金属的温度。

2）标准热电偶

目前,有 8 种材料的热电偶性能较好,得到国际电工委员会(IEC)认证,实现了标准化、系列化,国际上称之为"字母标志热电偶",即其名称用专用字母表示,这个字母即热电偶型号标志,称为分度号,是各类型热电偶的一种很方便的缩写形式。标准化热电偶有统一的分度号和配套的显示仪表,使用很方便。热电偶名称由热电极材料命名,正极写在前面,负极写在后面。如表 7.1 所示。

表 7.1　常用热电偶特性表

名　　称	分度号	测温范围 /℃	100 ℃时的 热电势/mV	特　　　点
铂铑$_{10}$-铂	S (LB-3)	-50~1 768	0.646	使用上限较高,精度高,性能稳定,复现性好;但热电动势较小,不能在金属蒸气和还原性气氛中使用,在高温下连续使用特性会变坏,价昂;大多用于精密测量
铂铑$_{30}$-铂铑$_6$	B (LL-2)	50~1 820	0.033	熔点高,测温上限高,性能稳定,精度高;100 ℃以下时热电动势极小,可不必考虑冷端补偿;价昂,电动势小;只适用于高温域的测量
镍铬-镍硅	K (EU-2)	-270~1 370	4.095	热电动势大,线性好,稳定性好,价廉;但材质较硬,1 000 ℃以上长期使用会引起热电势漂移;大多用于工业测量
铜-铜镍 (康铜)	T (CK)	-270~400	4.279	价廉,加工性能好,离散性小,性能稳定,线性好,精度高;铜在高温时易被氧化,测温上限低;大多用于低温测量,可做-200~0 ℃温域的计量标准
镍铬-铜镍 (康铜)	E (EA-2)	-270~800	6.319	热电动势比 K 型热电偶大 50 ％左右,线性好,耐高湿度,价廉;但不能用于还原性气氛;大多用于工业测量
铁-铜镍 (康铜)	J (JC)	-210~760	5.269	价廉,在还原性气氛中性能较稳定;但纯铁易被腐蚀和氧化;大多用于工业测量
铂铑$_{13}$-铂	R (PR)	-50~1 768	0.647	同 S 型热电偶,但性能更好
镍铬硅-镍硅	N	-270~1 370	2.774	是一种新型热电偶,各项性能比 K 型热电偶更好,适宜于工业测量

注:铂铑$_{10}$表示该合金包含 90 ％铂及 10 ％铑,以下类推。

以上 8 种热电偶中,前 4 种使用最多,后 2 种目前使用较少。前 4 种热电偶的分度表分别如表 7.2~7.5 所示。

表 7.2　铂铑₁₀-铂热电耦(分度号为 S)分度表

表 7.2　铂铑$_{10}$－铂热电耦(分度号为 **S**)分度表

工作端温度/℃	0	10	20	30	40	50	60	70	80	90
	热电动势/mV									
0	0.000	0.055	0.113	0.173	0.235	0.299	0.365	0.432	0.502	0.573
100	0.645	0.719	0.795	0.872	0.950	1.029	1.109	1.190	1.273	1.356
200	1.440	1.525	1.611	1.698	1.785	1.873	1.962	2.051	2.141	2.232
300	2.323	2.414	2.506	2.599	2.692	2.786	2.880	2.974	3.069	3.164
400	3.260	3.356	3.452	3.549	3.645	3.743	3.840	3.938	4.036	4.135
500	4.234	4.333	4.432	4.532	4.632	4.732	4.832	4.933	5.034	5.136
600	5.237	5.339	5.442	5.544	5.648	5.751	5.855	5.960	6.064	6.169
700	6.274	6.380	6.486	6.592	6.699	6.805	6.913	7.020	7.128	7.236
800	7.345	7.454	7.563	7.672	7.782	7.892	8.003	8.114	8.225	8.336
900	8.448	8.560	8.673	8.786	8.899	9.012	9.126	9.240	9.355	9.470
1 000	9.585	9.700	9.816	9.932	10.048	10.165	10.282	10.440	10.517	10.635
1 100	10.754	10.872	10.991	11.110	11.229	11.348	11.467	11.587	11.707	11.827
1 200	11.947	12.067	12.188	12.308	12.429	12.550	12.671	12.792	12.913	13.034
1 300	13.155	13.276	13.379	13.519	13.640	13.761	13.883	14.004	14.125	14.247
1 400	14.368	14.489	14.610	14.731	14.852	14.793	15.094	15.215	15.336	15.456
1 500	15.576	15.697	15.817	15.937	16.057	16.176	16.296	16.415	16.534	16.653
1 600	16.771	—	—	—	—		—	—	—	—

表 7.3　铂铑$_{30}$－铂热电耦(分度号为 **B**)分度表

工作端温度/℃	0	10	20	30	40	50	60	70	80	90
	热电动势/mV									
0	−0.000	−0.002	−0.003	−0.002	0.000	0.002	0.006	0.011	0.017	0.025
100	0.033	0.043	0.053	0.065	0.078	0.092	0.107	0.123	0.140	0.159
200	0.178	0.199	0.220	0.243	0.266	0.291	0.317	0.344	0.372	0.401
300	0.431	0.462	0.494	0.527	0.561	0.596	0.632	0.669	0.707	0.746
400	0.786	0.827	0.870	0.913	0.957	1.002	1.048	1.095	1.143	1.192
500	1.241	1.292	1.344	1.397	1.450	1.505	1.560	1.617	1.674	1.732
600	1.791	1.851	1.912	1.974	2.063	2.100	2.164	2.230	2.296	2.363
700	2.430	2.499	2.569	2.639	2.710	2.782	2.855	2.928	3.003	3.078
800	3.154	3.231	3.308	3.387	3.466	3.546	3.626	3.708	3.790	3.873
900	3.957	4.041	4.126	4.212	4.298	4.386	4.474	4.562	4.652	4.742
1 000	4.833	4.924	5.016	5.109	5.202	5.297	5.391	5.487	5.583	5.680
1 100	5.777	5.875	5.973	6.073	6.172	6.273	6.374	6.475	6.577	6.680
1 200	6.783	6.887	6.991	7.069	7.202	7.308	7.414	7.521	7.628	7.736
1 300	7.845	7.953	8.063	8.172	8.283	8.393	8.504	8.616	8.727	8.839
1 400	8.952	9.065	9.178	9.291	9.405	9.519	9.634	9.748	9.863	9.979
1 500	10.094	10.210	10.325	10.441	10.558	10.674	10.790	10.907	11.024	11.141
1 600	11.257	11.374	11.491	11.608	11.725	11.842	11.959	12.076	12.193	12.310
1 700	12.426	12.543	12.659	12.776	12.892	13.008	13.124	13.293	13.354	13.470
1 800	13.583	—	—	—			—	—	—	—

表 7.4　镍铬-镍硅热电耦(分度号为 K)分度表

工作端温度/℃	0	10	20	30	40	50	60	70	80	90
	热电动势/mV									
−0	−0.000	−0.392	−0.777	−1.156	−1.527	−1.889	−2.243	−2.586	−2.920	3.242
0	0.000	0.397	0.798	1.203	1.611	2.022	2.436	2.850	3.266	3.681
100	4.095	4.508	4.919	5.327	5.733	6.137	6.539	6.939	7.338	7.737
200	8.137	8.537	8.938	9.341	9.745	10.151	10.560	10.969	11.381	11.793
300	12.207	12.623	13.039	13.456	13.874	14.292	14.712	15.132	15.552	15.974
400	16.395	16.818	17.241	17.664	18.088	18.513	18.938	19.363	19.788	20.214
500	20.640	21.066	21.493	21.919	22.346	22.772	23.198	23.624	24.050	24.476
600	24.902	25.327	25.751	26.176	26.599	27.022	27.445	27.867	28.288	28.709
700	29.128	29.547	29.965	30.383	30.799	31.214	31.629	32.042	32.455	32.866
800	33.277	33.686	34.095	34.502	34.909	35.314	35.718	36.121	36.524	36.925
900	37.325	37.724	38.122	38.519	38.915	39.310	39.703	40.096	40.488	40.897
1 000	41.269	41.657	42.045	42.432	42.817	43.202	43.585	43.968	44.349	44.729
1 100	45.108	45.486	45.863	46.238	46.612	46.985	47.356	47.726	48.095	48.462
1 200	48.828	49.192	49.555	49.916	50.276	50.633	50.990	51.344	51.697	52.049
1 300	52.398	—	—	—	—	—	—	—	—	—

表 7.5　铜-康铜热电耦(分度号为 T)分度表

工作端温度/℃	0	10	20	30	40	50	60	70	80	90
	热电动势/mV									
−200	−5.603	−5.735	−5.889	−6.007	−6.105	−6.181	−6.232	−6.258	—	—
−100	−3.378	−3.656	−3.923	−4.177	−4.419	−4.648	−4.865	−5.069	−5.261	−5.439
−0	−0.000	−0.383	−0.757	−1.121	−1.475	−1.819	−2.152	−2.475	−2.788	−3.089
0	0.000	0.391	0.789	1.196	1.611	2.035	2.467	2.908	3.357	3.813
100	4.277	4.749	5.227	5.712	6.204	6.702	7.207	7.718	8.235	8.757
200	9.286	9.320	10.360	10.905	11.456	12.011	12.572	13.137	13.707	14.281
300	14.860	15.443	16.030	16.621	17.217	17.816	18.420	19.027	19.638	20.252
400	20.869									

3) 非标准化热电偶

非标准化热电偶在生产工艺上还不够成熟,在应用范围和数量上均不如标准化热电偶。它没有统一的分度号和与其配套的显示仪表。但这些热电偶具有某些特殊性能,能满足一些特殊条件下测温的需要,如超高温、极低温、高真空或核辐射环境,因此在应用中仍有重要意义。

非标准化热电偶有铂铑系、铱铑系、钨铼系及金铁热电偶、双铂钼等热电偶。

7.1.3　热电偶的冷端温度补偿

由热电偶测温原理,热电偶的热电动势的大小不仅与测量端的温度有关,还与冷端温度有关。只有当冷端温度保持不变时,热电势才是测量端温度的单值函数。热电偶分度表及配套的显示仪表都要求冷端温度恒定为 0 ℃,否则将产生测量误差。然而在实际应用中,由于热电偶的冷、热端距离通常很近,冷端受热端及环境温度波动的影响,温度很难保持稳定,要保持0℃就更难了。因此必须采取措施,消除冷端温度波动及不为0℃所产生的误差,即需进行冷端温度补偿。

1)补偿导线

当测温仪表与测量点距离较远时,为节省热电偶的材料,通常使用补偿导线。补偿导线由两种不同性质的廉价金属材料制成,在一定温度范围内(0℃~100℃),与所配接的热电偶具有相同的热电特性,起着延长热电偶冷端的作用。

补偿导线分为延伸型(X)补偿导线和补偿型(C)补偿导线。延伸型补偿导线所用的材料与热电极材料相同;补偿型补偿导线所用材料与热电极材料不同。使用补偿导线时,要注意补偿导线型号与热电偶型号匹配、正负极与热电偶正负极对应连接,补偿导线处所处温度不能超过100℃,否则将造成测量误差。

常用热电偶的补偿导线如表7.6所示。

表7.6 常用热电偶补偿导线

补偿导线型号	配用热电偶分度号	补偿导线材料		绝缘层颜色	
		正极	负极	正极	负极
SC	S(铂铑$_{10}$-铂)	铜	镍铜	红	绿
KC	K(镍铬-镍硅)	铜	康铜	红	(黄)
KX	K(镍铬-镍硅)	镍铬	镍硅	红	黑
EX	E(镍铬-康铜)	镍铬	康铜	红	蓝
JX	J(铁-康铜)	铁	康铜	红	紫
TX	T(铜-康铜)	铜	康铜	红	白

2)冷端温度补偿

热电偶的分度表和根据分度表刻度的温度仪表,其分度都是指热电偶冷端处在0℃时的电动势,因此在实际测量中,应使冷端保持在0℃,如果冷端不是0℃,则热电偶的电动势为:

$$E(t,0) = E(t,t_0) + E(t_0,0) \tag{7.3}$$

式中:t 为被测温度;t_0 为冷端的实际温度。

由于冷端的实际温度 t_0 不等于0℃,必须加上 $E(t_0,0)$ 这一热电势进行补偿,否则就将产生测量误差。冷端温度补偿的方法主要有以下几种:

(1)计算修正法

已知冷端温度为 t_0,根据中间温度定律,应用式(7.3)进行修正。

(2)机械零位调整法

当冷端温度比较稳定时,工程上常用仪表机械零位调整法。如动圈仪表的使用,可在仪表未工作时,直接将仪表机械零位调整至冷端温度处。由于外接电动势为0,调整机械零位相当于预先给仪表输入一个电动势 $E(t_0,0)$。当接入热电偶后,热电偶热电势 $E(t,t_0)$ 与仪表预置电势 $E(t_0,0)$ 叠加,使回路总电势正好为 $E(t,0)$,仪表直接指示出热端温度 t。使用仪表机械零位调整法简单方便,但冷端温度发生变化时,应及时断电,重新调整仪表机械零位,使之指示到新的冷端温度上。

（3）冰浴法

实验室常采用冰浴法使冷端温度保持为恒定 0 ℃。

（4）冷端补偿器法（补偿电桥法）

冷端补偿器是用来自动补偿热电偶的测量值随冷端温度的变化而变化的一种装置。图7.9 是国产 WBC 型冷端温度补偿器的工作原理图。

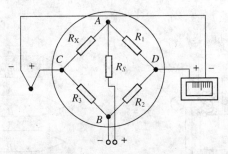

图 7.9　WBC 型冷端温度补偿器的工作原理图

由图可知它的内部是一个不平衡电桥，其输出端与热电偶串联。电桥的 3 个桥臂由电阻温度系数极小的锰铜丝绕制而成，其电阻基本不随温度变化，且 $R_1 = R_2 = R_3 = 1\ \Omega$；另一个桥臂电阻 R_X 由电阻温度系数大的铜丝绕制而成，且 20 ℃时 $R_X = 1\ \Omega$，此时电桥平衡，没有电压输出。R_S 是限流电阻，阻值因配用的热电偶不同而不同。选择适当的 R_S 后，电桥的电压输出特性与所配用的热电偶的热电特性相似，且在冷端温度高于 20 ℃时，电桥输出电压与热电偶热电势方向相同，电桥电压的增加量等于热电偶热电势的减小量；若冷端温度低于 20 ℃，则电桥输出电压与热电偶热电势方向相反，电桥电压的减小量等于热电偶热电势的增加量，从而起到了热电偶冷端温度自动补偿的作用。当冷端温度等于 20 ℃时，电桥输出为 0，说明此时不需补偿，所以使用这种冷端温度补偿器时，必须把仪表的零点调到 20 ℃。表 7.7 为几种常用国产冷端温度补偿器的性能参数。

表 7.7　几种常用国产冷端温度补偿器

型号	配用热电偶	电桥平衡时温度/℃	补偿范围/℃	电源/V	内阻/Ω	功耗/(V·A)	外形尺寸/mm	补偿误差/mV
WBC01	铂铑₁₀-铂							±0.045
WBC02	镍铬-镍硅 镍铬-镍铝	20	0～50	220	1	<8	220×113 ×72	±0.16
WBC03	镍铬-考铜							±0.018
WBC57LB	铂铑₁₀-铂	20	0～40	4	1	<0.25	150×115 ×50	±0.015
WBC57EU	镍铬-镍硅 镍铬-镍铝	20	0～40	4	1	<0.25	150×115 ×50	
WBC57EA	镍铬-考铜							

（5）补偿热电偶法

当有多只热电偶配有一台显示仪表时,为了节省补偿导线以及不用特大的恒温槽,可以采用加装补偿热电偶的方法。补偿热电偶的材料一般与所用的热电偶材料相同,有时也用相应的补偿导线代替。

补偿热电偶有两种接法:一是将补偿热电偶的测量端置于恒温器,其温度为 t_n,冷端恒定在 t_0,通过连接导线接入测量线路中,如图 7.10(a)所示;另一种是将补偿热电偶的测量端温度恒定在 t_0,冷端置于温度为 t_n 的恒温器内,如图 7.10(b)所示。多点式仪表本身带有转换机构,不需带有转换开关。

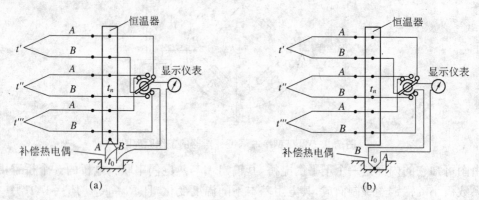

图 7.10　补偿热电偶连接示意图

7.1.4　热电偶的测温电路

1)单点温度的基本测温电路

测量单点温度的基本测温电路如图 7.11 所示。

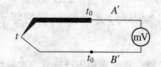

图 7.11　热电耦单点测温电路

2)两点之间温差的测温电路

测量两点之间温差的测温电路如图 7.12 所示。用两只同型号的热电偶,配用相同的补偿导线,采用反向连接,这时仪表即可测得两点温度之差。

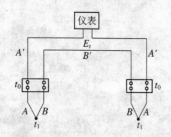

图 7.12　测量两点之间温差的测温电路

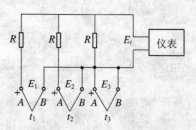

图 7.13　测量平均温度的测温电路

3)平均温度的测温线路

测量平均温度的方法通常用几只相同型号的热电偶并联在一起,如图 7.13 所示。要求3

84

只热电偶都工作在线性段。测量仪表中指示出的为 3 只热电偶输出电势的平均值。在每只热电偶线路中,分别串接均衡电阻 R,其作用是为了在 t_1、t_2、t_3 不相等时,每一只热电偶中流过的电流免受热电偶内阻不相等的影响,因此与每一只热电偶的内阻相比,R 的值必须很大。

使用热电偶并联的方法测量多点的平均温度,好处是仪表的分度仍然和单独配用 1 只热电偶时一样,缺点是当有一只热电偶烧断时,不能很快地觉察出来。

4) 几点温度之和的测量电路

利用同类型的热电偶串联,可以测量几点温度之和,也可以测量几点的平均温度。如图 7.14 所示。这种接法的好处是当有一只热电偶烧断时,回路内的电势消失,可以立即知道有热电偶烧断。同时,由于回路内总电势为各热电偶热电势之和,故可以测量微小的温度变化。图中,回路内的总电势为:

$$E_t = E_1 + E_2 + E_3 \tag{7.4}$$

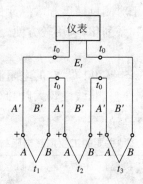

图 7.14　测量几点温度之和的测温电路

如果要测平均温度,则:

$$E = \frac{E_t}{3} \tag{7.5}$$

前面介绍了几种常用的热电偶测量单点温度、温度差、温度和、平均温度的电路,与热电偶配用的测量仪表可以是模拟仪表或数字仪表。若要组成微机控制的自动测温或控温系统,则可直接将数字电压表的测温数据利用接口电路和测控软件连接到微机中,对检测温度进行计算和控制。

7.2　热电阻传感器及其应用

利用导体及半导体材料的电阻值随温度的变化而变化的特性可实现测温。一般把由金属导体如铂、铜、镍等制成的测温元件称为热电阻;把由半导体材料制成的测温元件称为热敏电阻。

7.2.1　常用的热电阻传感器及其性能

热电阻主要是利用金属材料的阻值随温度升高而增大的特性来测量温度的。温度升高,金属内部原子晶格的振动加剧,从而使金属内部的自由电子通过金属导体时的阻力增大,宏观上表现出电阻率变大,总电阻值增加。

热电阻传感器主要用于中、低温度($-200\ ℃\sim+650\ ℃$ 或 $+850\ ℃$)范围的温度测量。常用的工业标准化热电阻有铂热电阻、铜热电阻和镍热电阻。

1）铂热电阻

铂热电阻主要用于高精度的温度测量和标准测温装置,性能非常稳定,测量精度高,其测温范围为$-200\ \text{℃}\sim+850\ \text{℃}$,分度号为铂$_{50}$($R_0=50.00\ \Omega$)和铂$_{100}$($R_0=100.00\ \Omega$),铂的纯度通常用$W(100)=R_{100}/R_0$来表示,其中$R_{100}$代表在水沸点(100 ℃)时的电阻值,$R_0$代表在水冰点(0 ℃)时的电阻值。当铂的纯度为 99.999 5 %时,$W(100)=1.393\ 0$,工业上常用的铂电阻其$W(100)=1.380\sim1.387$,标准值为 1.385。铂是稀有金属,价格较贵。

2）铜热电阻

如果测量精度不是很高,测量温度小于$+150\ \text{℃}$时,可选用铜热电阻。铜热电阻的测量范围是$-50\ \text{℃}\sim+150\ \text{℃}$,价格便宜,易于提纯,复制较好。在测温范围内,线性较好,电阻温度系数比铂高,但电阻率较铂小,在温度稍高时,易于氧化,只能用于$+150\ \text{℃}$以下的温度测量,测温范围较窄,体积较大,所以适用于对测量精度和敏感元件尺寸要求不是很高的场合。

铂和铜热电阻目前都已标准化和系列化,选用较方便。

3）镍热电阻

镍热电阻的测温范围为$-100\ \text{℃}\sim+300\ \text{℃}$,它的电阻温度系数较高,电阻率较大,但它易氧化,化学稳定性差,不易提纯,复制性差,非线性较大,因此目前应用不多。

几种主要的工业用热电阻材料特性如表 7.8 所示。

表 7.8 几种主要的工业用热电阻材料特性

材料名称	电阻率 /$(\Omega \cdot \text{mm}^2 \cdot \text{m}^{-1})$	测温范围 /℃	电阻丝直径 /mm	特　性
铂	0.098 1	$-200\sim+650$	$0.03\sim0.07$	近似线性,性能稳定,精度高
铜	0.070 0	$-50\sim+150$	0.10	线性,低温测量
镍	0.120 0	$-100\sim+300$	0.05	近似线性

7.2.2　热电阻传感器的结构形式

1）普通热电阻

热电阻传感器一般由测温元件(电阻体)、保护套管和接线盒 3 部分组成,如图 7.15 所示。铜热电阻的感温元件通常用 0.1 mm 的漆包线或丝包线采用双线并绕在塑料圆柱形骨架上,线外再浸入酚醛树脂起保护作用。铂热电阻的感温元件一般用$0.03\sim0.07$ mm 的铂丝绕在云母绝缘片上,云母片边缘有锯齿缺口,铂丝绕在齿缝内以防短路。绕组的两面再盖以云母片绝缘。

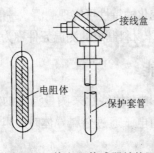

图 7.15　热电阻传感器结构图

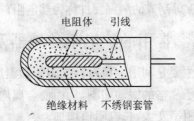

图 7.16　铠装热电阻结构示意图

2）铠装热电阻

铠装热电阻由金属保护管、绝缘材料和感温元件组成，如图 7.16 所示。其感温元件用细铂丝绕在陶瓷或玻璃骨架上制成。

铠装热电阻热惰性小、响应速度快；具有良好的机械性能，可以耐强烈振动和冲击，适合于高压设备测温、有振动的场合和恶劣环境中使用。因为后面引线部分具有一定的柔韧性，也适合于安装在结构复杂的设备上进行测温，并且寿命较长。

3）薄膜及厚膜型铂热电阻

薄膜及厚膜型铂热电阻主要用于平面物体的表面温度和动态温度的检测，也可部分代替线绕型铂热电阻用于测温和控温，其测温范围一般为 $-70\,℃\sim+600\,℃$。

薄膜及厚膜型铂热电阻是近些年来发展起来的新型测温元件。厚膜铂电阻一般用陶瓷材料作基底，采用精密丝网印刷工艺在基底上形成铂电阻，再经焊接引线、胶封、校正电阻等工序，最后在电阻表面涂保护层而成。薄膜铂电阻采用溅射工艺来成膜，再经光刻、腐蚀工艺形成图案，其他工艺与厚膜电阻相同。图 7.17 为几种实际热电阻传感器产品外形图。

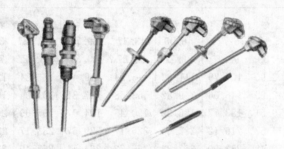

图 7.17　几种实际热电阻传感器产品外形图

7.2.3　热电阻传感器的测量电路

热电阻传感器的测量电路一般使用电桥，如图 7.18 所示。

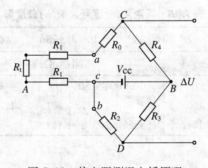

图 7.18　热电阻测温电桥原理

实际应用中，热电阻安装在生产环境中，感受被测介质的温度变化，而测量电阻的电桥通常作为信号处理器或显示仪表的输入单元，随相应的仪表安装在控制室。热电阻与测量桥路之间的连接导线的阻值 R_1 会随环境温度的变化而变化，给测量带来较大的误差。为此，工业上常采用三线制接法，如图 7.19 所示，使导线电阻分别加在电桥相邻的两个桥臂上，可一定程度上克服导线电阻的变化对测量结果的影响。尽管这种补偿还不能完全消除温度的影响，但在环境温度为 $0\,℃\sim+50\,℃$ 内使用时，这种接法可将温度附加误差控制在 0.5％以内，基本可满足工程要求。表 7.9 和表 7.10 为铂电阻和铜电阻的分度表。

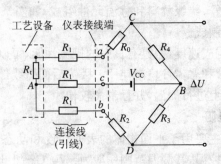

图 7.19　热电阻三线制电桥电路

表 7.9　铂电阻(分度号为铂$_{100}$)分度表

温度/℃	0	10	20	30	40	50	60	70	80	90
	电阻值/Ω									
−200	18.49	—	—	—	—	—	—	—	—	—
−100	60.25	56.19	52.11	48.00	43.37	39.71	35.53	31.32	27.08	22.80
−0	100.00	96.09	92.16	88.22	84.27	80.31	76.32	72.33	68.33	64.30
0	100.00	103.90	107.79	111.67	115.54	119.40	123.24	127.07	130.89	134.70
100	136.50	142.29	146.06	149.82	153.58	157.31	161.04	164.76	168.46	172.16
200	175.84	179.51	183.17	186.32	190.45	194.07	197.69	201.29	204.88	208.45
300	212.02	215.57	219.12	222.65	226.17	229.67	233.17	236.65	240.13	243.59
400	247.04	250.48	253.90	257.32	260.72	264.11	267.49	270.86	274.22	277.56
500	280.90	284.22	287.53	290.83	294.11	297.39	300.65	303.91	307.15	310.38
600	313.59	316.80	319.99	323.18	326.35	329.51	332.66	335.79	338.92	342.03
700	345.13	348.22	351.30	354.37	357.42	360.47	363.50	366.52	369.53	375.52
800	375.51	378.48	381.45	384.30	387.34	390.26	—	—	—	—

表 7.10　铜电阻(分度号为铜$_{100}$)分度表

温度/℃	0	10	20	30	40	50	60	70	80	90
	电阻值/Ω									
−0	100.00	95.70	91.40	87.10	85.80	78.49	—	—	—	—
0	100.00	104.28	108.56	112.84	117.12	121.40	125.68	129.96	134.24	138.52
100	142.80	147.08	151.36	155.66	159.96	164.27	—	—	—	—

7.3　热敏电阻及其应用

　　热敏电阻利用半导体材料的阻值随温度的变化而变化的特性实现温度测量的。与其他温度传感器相比,热敏电阻温度系数大,灵敏度高,响应迅速,测量线路简单,有些型号不用放大器就能输出几伏的电压;并且体积小,寿命长,价格便宜;由于本身阻值较大,因此可以不必考虑导线带来的误差,适于远距离的测量和控制;在需要耐湿、耐酸、耐碱、耐热冲击、耐振动的场合可靠性较高。它的缺点是非线性较严重,在电路上要进行线性补偿,互换性较差。

热敏电阻主要用于点温度、小温差温度的测量；远距离、多点测量与控制；温度补偿和电路的自动调节等。测温范围为$-50\,℃\sim +450\,℃$。

7.3.1　热敏电阻的分类

热敏电阻的温度系数有正有负，按温度系数的不同，热敏电阻可分为 NTC、PTC、CTR 等 3 类。NTC 为负温度系数的热敏电阻；PTC 为正温度系数的热敏电阻；CTR 为临界温度热敏电阻。CTR 一般也是负温度系数，但与 NTC 不同的是，在某一温度范围内，电阻值发生急剧变化。图 7.20 所示为热敏电阻的电阻温度特性曲线。图中曲线 1 为 NTC，曲线 2 为 CTR，曲线 3 为突变型 PTC，曲线 4 为缓变型 PTC，曲线 5 为铂丝。

NTC 热敏电阻主要用于温度测量和补偿，测温范围一般为$-50\,℃\sim +350\,℃$，也可用于低温测量（$-130\,℃\sim 0\,℃$）、中温测量（$+150\,℃\sim +750\,℃$），甚至更高温度。根据制造时的材料不同而不同。

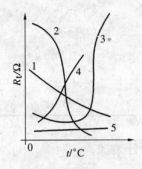

图 7.20　热敏电阻的电阻温度特性曲线

PTC 热敏电阻既可作为温度敏感元件，又可在电子线路中起限流、保护作用。PTC 突变型热敏电阻主要用作温度开关，PTC 缓变型热敏电阻主要用于在较宽的温度范围内进行温度补偿或温度测量。当 PTC 热敏电阻用于电路自动调节时，为克服或减小其分布电容较大的缺点，应选用直流或 60 Hz 以下的工频电源。

CTR 热敏电阻主要用作温度开关。

热敏电阻一般不适用于高精度温度测量和控制，但在测温范围很小时，也可获得较好的精度。它非常适用于家用电器、空调器、复印机、电子体温计、点温度计、表面温度计、汽车等产品中用作测温控温和加热元件。

热敏电阻的形状多种多样，有圆片状、圆柱状、球状等，如图 7.21 所示。表 7.11 给出几种常用热敏电阻的技术参数。

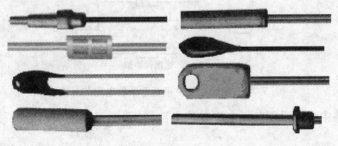

图 7.21　几种热敏电阻的外形图

表 7.11　几种常用热敏电阻的技术参数

型　　号	标称电阻值 /kΩ	电阻温度系数 /(%·℃$^{-1}$)	常数 B /K	工作温度 /℃
MF51	0.1～1 000	−(1.8～6.8)	1 500～6 200	<300
MF52	0.1～1 000		1 500～5 600	
MF53	0.35～1	−(3.5～4.3)	2 800～2 970	
MF57	0.2～10	−(3.9～5.0)	3 450～4 400	−55～+125
MF512	1.5～5	−(0.6～0.9)	3 450～4 400	−20～+100
MF54 - 2/3	2～360		1 700～4 800	125
MF55 - 1/2	5.1～82		2 200～4 800	125
MF91～96	1～10	−2.4		>300
RC3	100～2 200	−(4.2～6.5)	3 600～4 100	>200
RC4	1～10	−(3.6～4.3)	3 200～3 900	−50～+70
G2	1	−1.1		600～900
G1	1	−1.3		300～700
Si	1～30	−(4～6.8)	3 700～6 000	−58～+85

7.3.2　热敏电阻的应用

热敏电阻的测量线路一般也用电桥。热敏电阻的应用主要分以下几个方面。

1）热敏电阻测温

用于测量温度的热敏电阻一般结构较简单,价格较低廉。没有外面保护层的热敏电阻只能应用在干燥的地方;密封的热敏电阻不怕湿气的侵蚀,可以用在较恶劣的环境下。由于热敏电阻的阻值较大,故其连接导线的电阻和接触电阻可以忽略,使用时采用二线制即可。

2）热敏电阻用于温度补偿

热敏电阻可在一定的温度范围内对某些元件进行温度补偿。例如,动圈式仪表表头中的动圈由铜线绕成,温度升高,其电阻值增大,引起测量误差,为此可在动圈回路中串入由负温度系数热敏电阻组成的电阻网络,从而抵消由于温度引起的误差。实际应用时,将负温度系数的热敏电阻与锰铜丝电阻并联后再与被补偿元件串联,如图 7.22 所示。

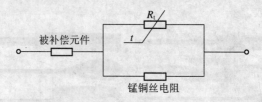

图 7.22　热敏电阻对正温度系数电阻的补偿

在晶体管电路中也常采用热敏电阻补偿电路,补偿由于温度引起的漂移,如图 7.23 即为其 3 例。

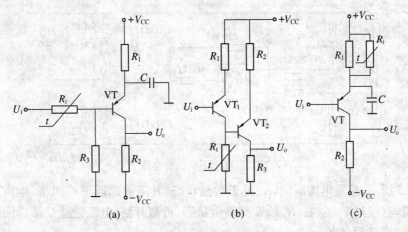

图 7.23 热敏电路对晶体管电路进行补偿

3）热敏电阻用于温度控制

广泛用于空调、冰箱、热水器、节能灯等家用电器的测温、控温及国防、科技等领域。

（1）继电保护

将负的突变型热敏电阻埋设在被测物中，并与继电器串联，给电路加上恒定的电压，当周围的温度上升到一定的数值时，电路中的电流可以由十分之几毫安突变为几十毫安，因此继电器动作，从而实现温度控制或过热保护。

如图 7.24 为用热敏电阻对电机进行过热保护的热继电器。将 3 只性能相同的突变型 NTC 热敏电阻分别紧靠 3 个绕组用万能胶固定，当电机正常运行时温度较低，三极管 VT 截止，继电器 J 不动作；当电机过负荷、断相或一相接地时，电机温度急剧升高，使热敏电阻阻值急剧减小，到一定值时，继电器 J 吸合，使电机回路断开，实现保护作用。

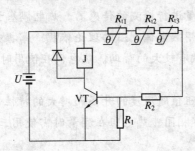

图 7.24 热继电器原理图

（2）温度上下限报警

如图 7.25 所示，R_t 为 NTC 热敏电阻，采用运算放大器构成迟滞电压比较器，当温度 T 等于设定值时，$V_{ab}=0$，VT_1 和 VT_2 都截止，LED_1 和 LED_2 都不发光；当 T 升高时，R_t 减小，$V_{ab}>0$，VT_1 导通，LED_1 发光报警；当 T 下降时，R_t 增加，$V_{ab}<0$，VT_2 导通，LED_2 发光报警。

（3）电子节能灯及电子镇流器预热启动

如果节能灯灯丝未经预热突加高压启动，则将导致灯丝材料严重溅射，使灯管提前发黑报废，使用 PTC 热敏电阻，在启动时先预热灯丝 1 s 左右，然后再加高压点亮灯管，能有效地防止灯管两端发黑，同时能防止三极管等灯具线路元件受启动瞬间大电流及高反压冲击，使灯具寿命延长 10 倍以上。

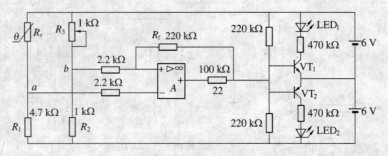

7.25 温度上下限报警电路

如图 7.26 所示,接通电源瞬间,R_t 处于常温状态,其阻值远低于 C 阻抗,电流通过 R_t 形成回路预热灯丝,经过 1 s 左右,R_t 阶跃到高阻状态,近似开路,电流通过 C 形成回路导致 LC 谐振产生高压,使灯管点亮。

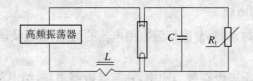

图 7.26 PTC 热敏电阻用于节能灯及电子镇流器预热启动原理图

本章小结

温度是生产、生活中经常测量的变量。本章重点介绍了热电偶、热电阻、热敏电阻 3 种常用于对温度及与温度有关的参量进行检测的传感器。热电偶基于热电效应原理而工作。中间温度定律和中间导体定律是使用热电偶测温的理论依据。掌握热电偶的分度号,了解它们的结构类型及特性,对掌握热电偶有较大的帮助。热电偶在使用时要进行温度补偿,要理解常用的几种补偿方法。

热电阻是利用金属材料的阻值随温度的升高而增大的特性制作的。常有的有铂、铜两种热电阻,其特性及测温范围各不相同。热电阻在测量时需使用三线制或四线制接法。热电阻主要用于工业测温。

热敏电阻是半导体测温元件,按温度系数的不同可分为负温度系数热敏电阻(NTC)、正温度系数热敏电阻(PTC)、临界温度电阻器(CTR)3 种,广泛用于温度测量、电路的温度补偿及温度控制。

习题 7

(1) 什么是热电效应?简述热电偶测温的基本原理。

(2) 已知分度号为 S 的热电偶冷端温度为 $t_0 = 20$ ℃,现测得热电势为 11.710 mV,求热端温度为多少摄氏度?

(3) 已知分度号为 K 的热电偶热端温度为 $t = 800$ ℃,冷端温度为 $t_0 = 30$ ℃,求回路实际总电势。

（4）热电偶温度传感器主要由那几部分组成？各部分分别起什么作用？

（5）现用一只铜-康铜热电偶测温，其冷端温度为 $t_0 = 30\ ℃$，未调机械零位的动圈仪表指示 320 ℃。若认为热端温度为 350 ℃，对不对？为什么？若不对，正确温度应为多少？

（6）试比较热电偶、热电阻、热敏电阻的异同。

（7）为什么用热电阻测温时经常采用三线制接法？应怎样连接才能保证实现三线制连接？若在导线连接至控制室后再分三线接入仪表，是否实现了三线制连接？

（8）热敏电阻测温是否需要采用三线制接法？为什么？

（9）如图 7.23 所示，3 个图中各应采用什么类型的热敏电阻对三极管的温度漂移进行补偿？试分析其原理。

8 光电式传感器及其应用

光电式传感器是将光学量转换为电信号的一种传感器,它以光电器件作为转换元件,可用于检测直接引起光学量变化的非电量,如光强、光照度、热辐射、气体成分等;也可用来检测能间接转换为光学量变化的其他非电量,如零件尺寸、表面粗糙度、应变、位移、振动、速度、加速度等。光电式传感器具有非接触、可靠性高、精度高、响应快等优点,因此在自动控制系统中广泛应用。近年来,新型的光电式传感器不断涌现,如光纤传感器、CCD 图像传感器等,使光电式传感器得到了进一步的发展。

光电式传感器的核心部件是光电器件,它是将光能转换为电能的一种传感器件。光电器件的理论基础是光电效应,即金属、半导体等材料在光照下释放出电子的现象。根据释放出的电子的分布的不同,光电效应可分为以下 3 种情况:

(1) 外光电效应:光照下释放出的电子逸出物体表面的现象。利用这种效应制作的器件有光电管、光电倍增管等。

(2) 内光电效应(光电导效应):光照下释放出的电荷均匀存在于物体内部,使物体的阻值下降的现象。利用这种效应制作的器件有光敏电阻等。

(3) 光生伏特效应(阻挡层光电效应):光照下释放出的电荷在 PN 结的作用下产生漂移,从而产生出一定方向的电动势的现象。利用这种效应制作的器件有光电晶体管、光电池等。

8.1 光敏电阻及其应用

8.1.1 光敏电阻的结构及工作原理

光敏电阻又称光导管,其结构如图 8.1 所示。在玻璃底板上涂上一薄层光敏半导体物质,两端封装上金属电极及引出线,为防止周围介质的影响,在半导体光敏层上覆盖一层漆膜,漆膜的成分应使它在光敏层的最敏感的波长范围内透射率最大。将该结构用带透光窗的外壳封装。

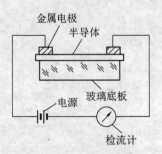

图 8.1 光敏电阻结构

当无入射光照射到半导体上时,光敏电阻的阻值很大;当有入射光时,发生光电导效应,光敏电阻的阻值减小。入射光越强,光敏电阻的阻值越小,由此可以实现光学量的检测。

8.1.2 光敏电阻的特性及参数

1）光敏电阻的主要参数

（1）暗电阻：在一定条件下，光敏电阻在不受光照时的电阻值。此时流过的电流称为暗电流。

（2）亮电阻：在一定条件下，光敏电阻在接受光照射时的电阻值。此时流过的电流称为亮电流。

（3）光电流：在一定条件下，亮电流与暗电流之差称为光电流。

暗电阻越大，亮电阻越小，则光敏电阻的灵敏度越高，光电流越大。实际上光敏电阻的暗电阻一般是兆欧级，亮电阻则一般在几千欧以下，所以光敏电阻的灵敏度较高。

2）光敏电阻的基本特性

（1）伏安特性

在一定照度下，流过光敏电阻的光电流与光敏电阻两端的电压的关系称为光敏电阻的伏安特性。硫化镉光敏电阻的伏安特性曲线如图 8.2 所示。由曲线可知，在一定的电压范围内，伏安特性曲线为直线，即光敏电阻的阻值与电压、电流的大小无关，只与入射光强有关。

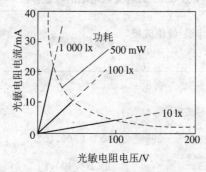

图 8.2　硫化镉光敏电阻的伏安特性曲线

（2）光谱特性

光敏电阻对于不同的入射光的灵敏度是不同的。光敏电阻的相对灵敏度（即光敏电阻的灵敏度与其在峰值波长时的灵敏度的百分比）与入射光波长的关系称为光谱特性。几种不同材料的光敏电阻的光谱特性曲线如图 8.3 所示。由图可见，硫化镉光敏电阻的光谱响应的峰值在可见光区，常被用作照度计的探头；硫化铅光敏电阻的峰值在红外光区，常被用作火焰探测器的探头。

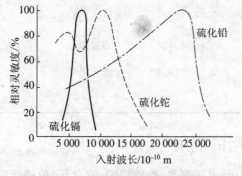

图 8.3　光敏电阻的光谱特性

（3）温度特性

同其他半导体器件一样，光敏电阻的特性受温度影响较大。当温度升高时，光敏电阻的暗电阻和灵敏度都要下降，同时，光谱特性曲线的峰值将向短波方向移动。响应于红外区的硫化铅光敏电阻受温度的影响格外大；对应于可见光区的光敏电阻，受温度影响要小一些。硫化铅光敏电阻的光谱温度特性曲线如图 8.4 所示。表 8.1 中列出了几种光敏电阻的特性参数。

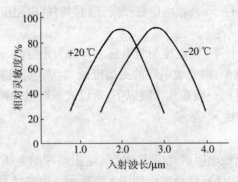

图 8.4　硫化铅光敏电阻的光谱温度特性曲线

表 8.1　几种光敏电阻的特性参数

型　号	材料	面积 /mm²	工作温度/K	峰值波长 /μm	峰值探测率	响应时间 /s	暗电阻值 / MΩ	亮电阻值 (100 lx) / kΩ
MG41 - 21	CdS	φ9.2	233～343	0.8		$\leqslant 2\times10^{-2}$	$\geqslant 0.1$	$\leqslant 1$
MG42 - 04	CdS	φ7	248～328	0.4		$\geqslant 5\times10^{-2}$	$\geqslant 1.0$	$\leqslant 10$
P397	PbS	5×5	298	298	$2\times10^{10}[1\,300,100,1]$	$1\sim4\times10^{-4}$	2	
P791	PbSe	1×5	298		$1\times10^{9}[100,1]$	2×10^{-6}	2	
9903	PbSe	1×3	263		$3\times10^{9}[100,1]$	10^{-5}	3	
OE - 10	PbSe	10×10	298		2.5×10^{9}	1.5×10^{-6}	4	
OTC - 3 MT	InSb	2×2	253		$6\times10^{8}[100,1]$	4×10^{-6}	4	
Ge(Au)	Ge		77	8.0	1×10^{10}	5×10^{-8}		
Ge(Hg)	Ge		38	14	4×10^{10}	1×10^{-9}		
Ge(Cd)	Ge		20	23	4×10^{10}	5×10^{-8}		
Ge(Zn)	Ge		4.2	40	5×10^{10}	$<10^{-6}$		
Ge - Si(Au)			50	10.3	8×10^{10}	$<10^{-6}$		
Ge - Si(Zn)			50	13.8	10^{10}	$<10^{-6}$		

8.1.3　光敏电阻的应用

由于光敏电阻的体积小、灵敏度高、性能稳定、寿命长、价格低等优点，因此在自动控制、家用电器中得到广泛应用。

1）反射式烟雾报警检测器

反射式烟雾报警检测器的结构如图 8.5 所示。光隔板的作用是阻止灯光直接照射在光敏电阻上。灯的作用是光源和热源，箱中空气受热上升，因而引起空气对流，空气从底部进入，从顶部逸出。如果空气中无烟雾，则白炽灯无反射光照射到光敏电阻上，光敏电阻的阻值很大；若空气中有烟雾，则烟尘将反射灯光到光敏电阻上使其阻值变小。

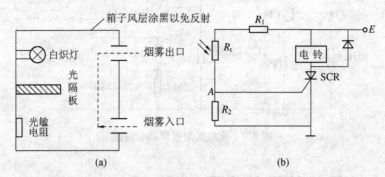

图 8.5　反射式烟雾报警检测器

报警电路中，当无光照时，R_t 很大，A 点电位 U_A 很小，可控硅 SCR 因触发电压太小而截止，电铃不响；当有光照时，R_t 变小，A 点电位 U_A 升高到一定程度时，SCR 导通，电铃响进行报警。

2）照相机电子测光系统

在中档相机中，CdS 光敏电阻作为电子测光元件，如图 8.6 所示。光线从孔板照射到 CdS 光敏电阻上，改变光圈使电路达到平衡，两个发光二极管发光均匀，表示适曝；如只有一只发光二极管亮而另一只不亮，则表示欠曝或过曝，这时可改变光圈，使曝光均匀。

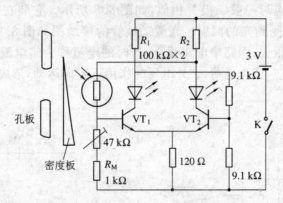

图 8.6　照相机电子测光系统

3）火焰探测报警器

采用硫化铅光敏电阻为探测元件的火焰探测器电路如图 8.7 所示。硫化铅光敏电阻的暗电阻为 $1\ M\Omega$，亮电阻为 $0.2\ M\Omega$（光照度为 $0.01\ W/m^2$ 下测量），峰值响应波长为 $2.2\ \mu m$。硫化铅光敏电阻位于 VT_1 管的恒压偏置电路，其偏置电压约为 6 V，电流约为 $6\ \mu A$。VT_2 管集电极电阻两端并联 $68\ \mu F$ 电容，可抑制 100 Hz 以上的高频，使其成为只有几十赫的窄频放大器。VT_2、VT_3 构成两级负反馈互补放大器，火焰的闪动信号经三极管放大后送给中心控制室进行报警处理。采用恒压偏置电路是为了在更换光敏电阻或长时间使用后，器件阻值的变化不致影响输出信号的幅度,保证火焰报警器能长期稳定的工作。

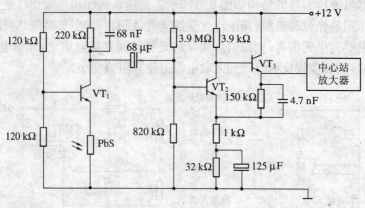

图 8.7　火焰探测报警器电路图

8.2　光敏晶体管及其应用

光敏二极管和光敏三极管均为近红外线接收管,目前应用最广的就是红外线遥控器,此外,还在光纤通信、光纤传感器、火灾报警传感器、光电读出装置等工业测量及自动控制系统中得到广泛应用。

8.2.1　光敏二极管

1）光敏二极管的结构及原理

光敏二极管的结构与一般二极管相似,如图 8.8 所示。它装在带有透明窗口的外壳中,其 PN 结可以直接受到光的照射。光敏二极管的接线图如图 8.9 所示。当无光照时,PN 结反偏截止,阻值很大,回路中电流很小,这时的电流称为暗电流。当有入射光照射到 PN 结时,由于光电效应,产生电荷,在外电压的作用下定向运动,形成光电流。光的照度越大,光电流越大。

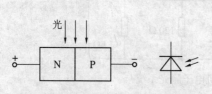

图 8.8　光敏二极管结构简图和符号

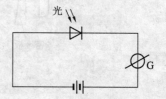

图 8.9　光敏二极管接线法

光敏二极管有顶面受光和侧面受光两种形式。图 8.10 为几种光敏二极管的外形结构。

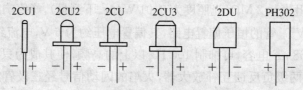

图 8.10　几种光敏二极管的封装形式

2）光敏二极管的主要特性

（1）伏安特性

即在一定光照下,光敏二极管中流过的电流与所承受的电压间的关系曲线。图 8.11 给出了光敏二极管的 3 条伏安特性曲线,曲线 1 为无光照时的特性,曲线 2 为中等光照时的特性,曲线 3 为强光照时的特性。

由曲线可知,无光照时,光敏二极管的特性与普通二极管的一样。有光照时,光敏二极管的反向电流增大,光强越大,反向电流越大,增大幅度与光照强度成正比。当光照强度一定时,光敏二极管的反向电流是基本不变的,与反向电压的大小无关。

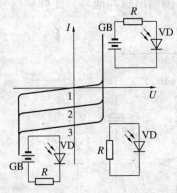　　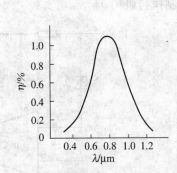

图 8.11　光敏二极管的伏安特性曲线　　图 8.12　硅光敏二极管的光谱响应曲线

（2）光谱特性

光敏二极管对不同波长的入射光有不同的灵敏度。例如硅光敏二极管的光谱响应波长为 $0.4 \sim 1.1 \ \mu m$,峰值波长为 $0.88 \sim 0.94 \ \mu m$,如图 8.12 所示,这恰好与砷化镓发光二极管的波长相重合,两者配合可得到较高的接收灵敏度。

3）光敏二极管的主要参数

（1）光电流 I_L

它是指一定的反向电压下,入射光强为某一定值时流过二极管的电流。光敏二极管的光电流一般为几十 μA,并与入射光强成正比。

（2）暗电流 I_D

它是指在一定的反向电压下,无光照时流过二极管的电流。一般在 50 V 反向电压下,I_D 小于 $0.1 \ \mu A$。

（3）反向工作电压

它是指无光照时,光敏二极管反向电流小于 $0.2 \sim 0.3 \ \mu A$ 时,允许的最高反向工作电压,一般在 10 V 左右,最高可达几十伏。

（4）峰值波长 λ_P

它是指光敏二极管光谱响应最灵敏的波长范围。

4）光敏二极管的简单测试

（1）电阻测量法

一般用万用表 $R \times 1 \ k\Omega$ 挡。光敏二极管的正向电阻较普通二极管大些,约十几 $k\Omega$,反向电阻随光照变化。无光照时(测试时用物体将管子挡住),反向电阻接近无穷大;若不是无穷大,则表明漏电流大。此时反向电阻至少应在 500 $k\Omega$ 以上。有光照时(在较强日光或灯光下),反向电阻越小越好,一般应在 20 kΩ 以下。此时若反向电阻为无穷大或为 0,说明管子是坏的。光敏二极管引线较长的一根是正极。

（2）电压测量法

一般用万用表电压挡的 0.5 V 或 1 V 挡测量,万用表的"＋"、"－"表笔分别与光敏二极管的"＋"、"－"极相连,在光照下,电压表指示一般应是 0.3～0.4 V。

5）光敏二极管应用实例

红外遥控专用集成电路 μPC1373 的应用电路如图 8.13·所示。μPC1373 具有灵敏度高、增益高、波形好、外围元件少等特点。光电二极管接在 7 脚,接收 38 Hz 的红外信号,此信号经放大及 *LC* 调谐回路,再经过检波整形放大后,由 1 脚输出脉冲信号。此脉冲信号可再经过驱动电路来控制执行机构。

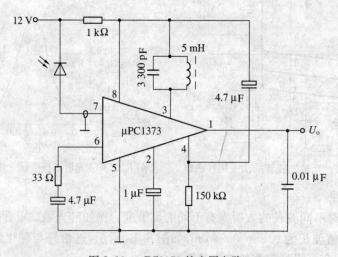

图 8.13　μPC1373 的应用电路

8.2.2　光敏三极管

光敏二极管的主要优点是响应较快,线性较好,但缺点是灵敏度较低。而光敏三极管的光电流可达 mA 级,具有较高的灵敏度。

1）光敏三极管的结构与原理

光敏三极管的内部结构图和等效电路如图 8.14 所示。它与普通三极管一样,具有两个PN 结,一般基极无引线,它可以等效成一个 bc 结是光敏二极管的三极管。

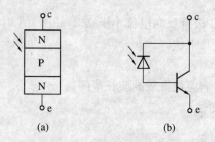

图 8.14　光敏三极管的结构及等效

当无光照时,只有很小的集电极－基极漏电流,所以光敏三极管暗电流很小。有光照时,集电极-基极的反向电流会因光照增大很多。当三极管的电流放大系数为 β 时,光敏三极管的光电流要比相应的光敏二极管的光电流大 β 倍。几种光敏三极管的外形图如图 8.15 所示。

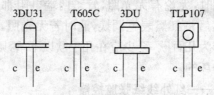

图 8.15　光敏三极管外形图

2）光敏三极管的主要特性

（1）输出特性

光敏三极管的输出特性曲线如图 8.16 所示。它与普通三极管的输出特性相同,只是每条特性曲线不是对应基极电流,而是对应一定的入射光强。光强增加,光电流基本上是线性增加。光强一定时,光电流不随光敏三极管集电极与发射极之间电压而变化。

光敏三极管特性曲线可分为 3 个区域。Ⅰ区是截止区,只有很小的无光照时的截止电流;Ⅱ区是放大区,随光照强度增加,光电流线性增加;Ⅲ区是饱和区,无论光强如何增加,光电流不再增加,这时的光电流决定于负载电阻。

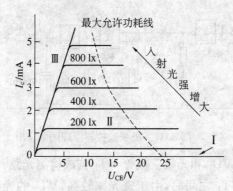

图 8.16　光敏三极管的输出特性曲线

（2）光谱特性

光敏三极管与光敏二极管使用的半导体材料相同,因此光敏三极管的光谱响应特性与光敏二极管的光谱响应特性相同。

3）光敏三极管的主要参数

（1）最大功耗

它是指光敏三极管能够安全工作而不致损坏的最大耗散功率。图 8.16 中,虚线是三极管的最大许可功耗线,正常工作时应处于虚线的左方。光敏三极管的最大功耗一般为几十 mW 至 100 mW。

（2）最高工作电压

它是指无光照时,在管子不被击穿的前提下,集电极与发射极之间的最高工作电压,一般为 10 V 至几十 V。

光敏三极管的其他参数,如光电流 I_L、暗电流 I_D 等与光敏二极管定义相同。

4）光敏三极管的简单测试

电阻测量法：用万用表的 $R \times 1\ \text{k}\Omega$ 挡。首先，万用表红表笔接 c 极，黑表笔接 e 极（管子长脚为 e 极，短脚为 c 极），此时，无论有无光照，管子两端电阻都应非常大，一般应接近无穷大，否则认为漏电流太大。然后将红黑表笔调换，此时若无光照，电阻应接近无穷大；若有光照，电阻应从原来的无穷大变为几百欧，至少应在几千欧以下，否则说明管子灵敏度太低；若电阻仍为无穷大，则表明管子是坏的。

5）光敏三极管应用实例——红外线纸张监控器

（1）原理

印刷机在印刷书刊时，纸张是一张张地通过印刷机进行印刷的。如果一次通过 2 张或更多的纸张，不仅造成纸张浪费，而且还影响装订质量。采用人工观察的方法对通过印刷机的纸张进行监测，不仅浪费人力，可靠性也较差。这种纸张监控器采用红外光电检测原理，自动检测出每次通过印刷机的是否是 1 张纸。电路原理图如图 8.17 所示。

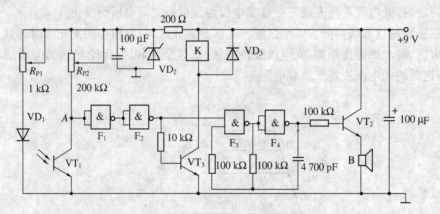

图 8.17　纸张监控器原理图

图中，红外发光二极管 VD_1 和光敏三极管 VT_1 构成检测光路。由于双张纸比单张纸厚 1 倍，当单张纸通过 VD_1 和 VT_1 之间时，由于透光率较高，VT_1 的光电流较大，R_{P2} 上的压降较大，A 点电压低于门 F_1 的转换电压，F_1 输出高电平，F_2 输出低电平，由门 F_3、F_4 等构成的音频振荡器不能振荡，扬声器 B 不发声，VT_3 因其基极为低电平而截止，继电器 K 不吸合。

当 2 张或多张纸通过 VD_1 和 VT_1 之间时，由于透光率较低，VT_1 的光电流较小，R_{P2} 上的压降较小，A 点电压高于门 F_1 的转换电压，F_1 输出低电平，F_2 输出高电平，由门 F_3、F_4 等构成的音频振荡器产生振荡，由晶体管 VT_2 驱动扬声器 B 发出报警声。同时，VT_3 因其基极为高电平而饱和导通，继电器 K 吸合，其常闭触点可将印刷机停车，待整理好纸张再进行印刷。

（2）元件选用

VD_1 用 5GL 系列小功率红外发光二极管；VT_1 用 3DV5 光敏三极管；$F_1 \sim F_4$ 用 1 片 CMOS 双输入端四与非门 CD4011；K 用 JRX - 13F；VT_2 和 VT_3 用 9013，$\beta \geqslant 100$；VD_2 用 6 V 稳压管，如 2CW14；VD_3 用 IN4001。

（3）调试要点

首先调节 R_{P1}，使得 VD_1 工作电流为 10 mA 左右；然后在 VD_1 和 VT_1 之间插入 1 张纸，并由大到小调节 R_{P2}，使门 F_2 刚好变为低电平；再在 VD_1 和 VT_1 之间插入 2 张纸，观察门 F_2 是否输出高电平，否则应调节 R_{P1}，减小 VD_1 的工作电流，以达到要求。

8.3　CCD 摄像传感器及其应用

电荷耦合器件(Charge Coupled Devices,简称 CCD)是一种金属氧化物半导体(MOS)集成电路器件,于 1970 年发明。它以电荷为信号,有光电转换、信息存储、延时和将电信号按顺序传送等功能,且集成度高、功耗低,因此得到飞速发展,是图像采集及数字化处理必不可少的关键器件,广泛应用于科学、教育、医学、商业、工业、军事和消费等领域的自动控制和自动测量,尤其适用于图像识别技术。

8.3.1　CCD 的基本结构及原理

CCD 图像传感器是按一定规律排列的 MOS 电容器组成的阵列,其构造如图 8.18 所示。在 P 型或 N 型衬底上生长一层很薄的(约 120 nm)二氧化硅,再在二氧化硅薄层上依序沉积金属或掺杂多晶硅电极(栅极),形成规则的 MOS 电容器阵列,再加上两端的输入及输出二极管就构成了 CCD 芯片。

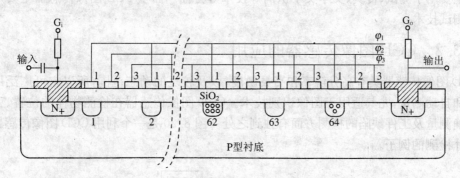

图 8.18　CCD 芯片的构造

图 8.18 所示为 64 位 CCD 结构,G_i、G_o 分别为输入、输出场效应管的控制极。每个光敏元(像素)对应于 3 个相邻的转移栅电极 1、2、3,所有电极间应彼此离得足够近,以保证使硅表面的耗尽区和电荷的势阱耦合及电荷的转移。所有像素的 1 电极相连并施加时钟脉冲 φ_1,所有的 2、3 电极亦相连,并分别施加时钟脉冲 φ_2、φ_3。

假设 CCD 为 P 型衬底,则多数载流子是空穴,少数载流子是电子。若在栅极上加正电压,衬底接地,则带正电的空穴被排斥离开 Si - SiO₂ 界面,带负电的电子则被吸引到紧靠 Si - SiO₂ 界面。当电压高到一定值,形成对电子而言所谓的势阱,电子一旦进入就不能出来。电压越大,势阱就越深。可见 MOS 电容器具有存储电荷的功能。

当光照到光敏元上时会产生电子 - 空穴对,电子被吸引存储在势阱中。入射光强,则存储的电荷多;入射光弱,则存储的电荷少;无光照时无电荷。这样就把光的强弱转换为与其成比例的存储电荷的数量,实现了光电转换。若停止光照,一定时间内电荷也不会消失,即实现了存储、记忆的功能。

存储的电荷如何实现转移和输出呢?实现转移的方法是:依次对 3 个转移栅极施加如图 8.19 所示的时钟脉冲 φ_1、φ_2、φ_3,3 个时钟在时序上相互交叠,如图 8.19 所示。由于各电极距离很近,在依次出现的正脉冲的作用下,势阱中的电荷依次向前传输,直到从第 64 位光敏元的 3 电极输出。根据输出的先后可判断出电荷是从哪个光敏元来的,根据输出的量的多少,可知光敏元件受光的强弱。这种转移结构称为三相驱动结构,还有两相、四相的其他驱动结构。

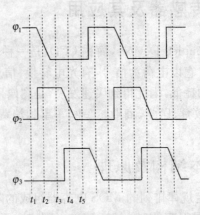

图 8.19　3 个时钟脉冲的时序

根据光敏元排列形式的不同,CCD 图像传感器可分为线型和面型两种。线型 CCD 图像传感器主要用于测试、传真、文学文字识别等技术等方面。面型 CCD 图像传感器主要用于摄像机及测试技术。

8.3.2　CCD 图像传感器的应用

CCD 图像传感器具有高分辨率和高灵敏度,以及较宽的动态范围,所以它可广泛用于自动控制和自动测量,尤其适用于图像识别技术。CCD 图像传感器在检测物体的位置、工件尺寸的精确测量及工件缺陷的检测方面有独到之处。图 8.20 是一个利用 CCD 图像传感器进行工件尺寸检测的例子。

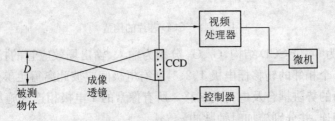

图 8.20　CCD 图像传感器工件尺寸检测系统

物体成像聚焦在 CCD 图像传感器上,视频处理器对输出信号进行存储和数据处理,整个过程由微机控制完成,根据几何光学原理,可推导出被测物体尺寸计算公式:

$$D = \frac{np}{M} \qquad (8.1)$$

式中:n 为物体成像覆盖的光敏像素数;p 为像素间距;M 为成像倍率。

微机可对多次测量求平均值,精确到被测物体的尺寸。任何能够用光学成像的零件都可以用这种方法实现不接触的在线自动检测。

8.4　光纤传感器在通信中的应用

光纤传感器(简称 FOS)是 20 世纪 70 年代迅速发展起来的一种新型传感器。它具有灵敏度高、电绝缘性能好、抗电磁干扰、传输频带宽、耐腐蚀、耐高温、体积小、质量轻等优点,可广泛用于位移、速度、加速度、压力、温度、液位、流量、水声、电流、磁场、放射性射线等物理量的测量。

8.4.1　光纤的结构及传光原理

一根光纤的结构包括纤芯、包层和涂敷层,如图 8.21 所示。纤芯和包层一般由某种类型的玻璃或塑料制成,纤芯的折射率 n_1 略大于包层的折射率 n_2。纤芯的直径一般为 $5\sim100\ \mu m$,光主要在纤芯中传输。包层外面涂有硅铜或丙烯酸盐等涂料,构成涂敷层,其作用是保护光纤不受外来的损害,增加光纤的机械强度。光纤最外层加上一层不同颜色的塑料套管,一方面起保护作用;另一方面以不同颜色区分各根光纤。

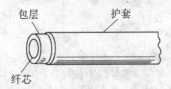

图 8.21　光纤的基本结构

通常将许多单条光纤组成光缆,光缆中的光线少则几根,多则几千根。光缆主要用于通信。

众所周知,光在空间是直线传播的。在光纤中,光的传输限制在光纤中,能随光纤传输到很远的地方。光纤的传输是基于光的全反射。

光纤导光的原理如图 8.22 所示。由于 $n_1 > n_2$,当光线从空气中以小于一定值 θ_c 的入射角 θ 射入纤芯后,光线将在纤芯和包层的分界面处产生全反射,光线将在光纤内曲折地向前传播,而不会从光纤内折射出来。

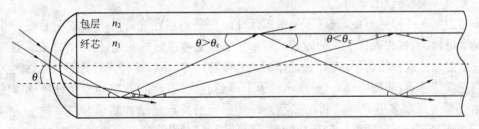

图 8.22　光纤导光原理图

另外,入射于光纤内的光,存在费涅耳反射损耗、光吸收损耗、全反射损耗、弯曲损耗等,所以有一部分光在传播途中就损失了,因此光纤不可能百分之百地将入射光传播出去。

需要指出,从空气中射入光纤的光不一定都在光纤中产生全反射。如果光线不能满足一定要求,则这部分光线将穿透包层,称为漏光。

8.4.2　光纤传感器的种类

按照光纤在传感器中的作用,通常可将光纤传感器分为功能型(或传感型)和非功能型(或传光型、结构型)两种类型。

常用的光纤传感器的基本结构原理如图 8.23 所示。

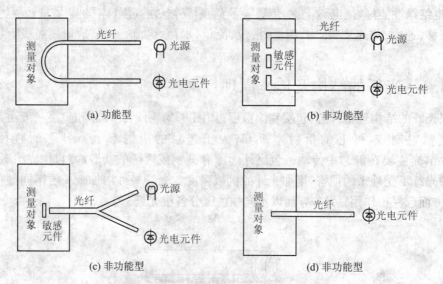

图 8.23　光纤传感器的基本结构原理

图中(a)为功能型光纤传感器,主要是用单模光纤。光纤不仅起传光作用,而且是敏感元件。其原理为利用光纤本身的传输特性受被测物理量作用发生变化的现象,使光纤中光的属性被调制,从而实现对被测物理量的测量。根据光被调制的属性的不同,这一类光纤传感器分为光强调制型、相位调制型、偏振态调制型和波长调制型等几种。功能型传感器典型的例子有利用光纤在高电场下的泡克耳效应的光纤电压传感器、利用光纤法拉第效应的光纤电流传感器、利用光纤微弯效应的光纤位移(压力)传感器等。功能型光纤传感器的特点是:由于光纤本身是敏感元件,因此加长光纤的长度,可以得到很高的灵敏度;尤其是利用干涉现象对光的相位进行调制的光纤传感器,具有超高的灵敏度。这类光纤传感器的缺点是技术上难度较大,结构比较复杂,调整比较困难。

非功能型光纤传感器中,光纤不是敏感元件。它是利用在光纤的断面或在两根光纤中间放置光学材料、机械式或光学式的敏感元件来感受被测物理量的变化,使透射光或反射光强度随之发生变化。这种结构中,光纤只是作为光的传输回路,所以这种光纤传感器也称之为传输回路型光纤传感器,如图中(b)、(c)所示。为了得到较大的光强,非功能型光纤传感器使用的光纤主要是阶跃型多模光纤。非功能型光纤传感器的特点是结构简单、可靠、技术上容易实现,便于推广应用,但灵敏度一般比功能型光纤传感器的低,测量精度也低一些。

图中(d)也为非功能型光纤传感器,但无外加的敏感元件,光纤把被测量对象辐射的光信号或者把被测量对象反射或散射的光信号传送到光敏元件上,根据光信号的不同情况实现被测量的检测。典型的例子有光纤多普勒速度传感器和光纤辐射温度传感器。其典型特点是非接触式测量,而且具有较高的精度。

8.4.3　功能型光纤传感器实例

1) 测量压力或温度的相位调制型光纤传感器

传感光纤受压力、温度等物理量作用时,光纤的长度、直径和折射率将会发生变化,从而导致传输光的相位角变化。利用这种现象实现的测量压力或温度的相位调制型光纤传感器如图 8.24 所示。

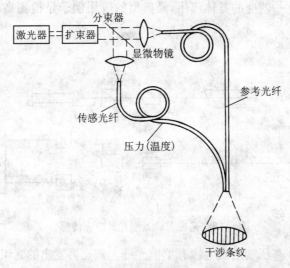

图 8.24　测量压力或温度的相位调制型光纤传感器

图中激光器发出的一束相干光经扩束后,被分束棱镜分成两束,并分别耦合到传感光纤和参考光纤中。传感光纤置于被测环境中,感受压力或温度的变化;参考光纤不受被测量的影响,这两根光纤构成干涉仪的两个臂,两臂的光程大致相同,则参考光纤中的参考光和传感光纤中相位经被测量调制过的光经准直和合成后将会产生干涉,并形成一系列明暗相间的干涉条纹。被测量不同,传感光纤中光被调制的情况不同,则条纹的周期不同,由此可实现被测量的测量。加长光纤可提高灵敏度。

2）调制强度的光纤微弯传感器

光纤发生弯曲时,光纤内传输的光不再满足全反射条件而从光纤内射出,产生损耗。弯曲越大,传输光的损耗越大。利用此现象实现的测量位移或压力的光纤微弯传感器见图 8.25。

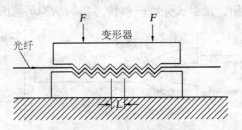

图 8.25　光纤微弯传感器原理图

传感器的主要结构包括光纤和波形板(变形器)。波形板如一对错开的带锯齿槽的平行板,其中一块是活动板,另一块是固定板,一根阶跃型多模光纤从一对波形板之间通过。当波形板受到微扰(位移或压力的作用)时,光纤发生周期性微弯曲,引起传播光的散射损耗,当活动板的位移或所受压力增加时,光纤的弯曲程度增大,传播光的散射损耗增加,光纤的输出光的强度减小。通过检测泄漏出光纤包层的散射光的强度或光纤输出的光的强度就能测出位移或压力信号的大小。

3）偏振态调制型光纤传感器

由普通物理学可知,当某些介质中传播的线偏振光受到沿光传播方向的磁场作用时,线偏振光的偏振面会发生旋转,这一现象就是磁光效应,通常称为法拉第旋转效应。偏振态调制型光纤传感器就是基于这一效应的具体应用,最典型的应用例子是检测高压输电线电流的光纤电流传感器。

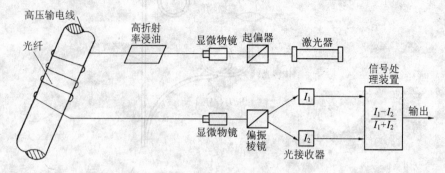

图 8.26　偏振态调制型光纤电流传感器

如图 8.26 所示,在高压输电线上绕有单模光纤。激光器发出的光束经起偏器变成线偏振光,通过显微物镜耦合进光纤。光线中传播的线偏振光在高压输电线形成的磁场作用下,偏振面发生旋转。旋转的角度 θ 与磁场强度 H 及磁场中光纤的长度 L 成正比。将光纤的出射光经偏振棱镜分成振动方向互相垂直的两束偏振光,并分别被送到光接收器,经过信号处理装置处理后,可输出与两束偏振光的强度有关的一个信号 P,且 $P \approx 2\theta$。所以测出 P 值后,就可求出传输导线中的电流 I。

功能型光纤传感器还有很多,这里就不一一介绍了。

8.4.4　非功能型光纤传感器实例

1)反射式光纤位移传感器

反射式光纤位移传感器的结构简单、设计灵活、性能稳定、造价低廉、能适应恶劣的环境,在实际工作中得到广泛应用。反射式光纤位移传感器的结构示意图如图 8.27 所示。

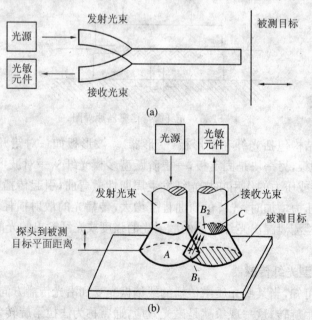

图 8.27　光纤位移传感器的结构和工作原理

图 8.27 中，Y 型光纤束由约几百根至几千根直径为几十微米的阶跃型多模光纤集束而成。它被分成数目大致相同、长度相同的两束：发射光纤和接受光纤。由光源发出的光经发射光纤束传输后入射到被测物表面，经被测物反射后再经接收光纤接收并传输至光敏元件。由于光纤有一定的数值孔径，当光纤探头紧贴被测物时，发射光纤中的光不能发射到接收光纤中，接收光纤中无光信号；当光纤探头逐渐远离被测物时，接收光纤中的光强越来越大；当整个接受光线被全部照亮时，接收光强达到峰值；当被测物继续远离时，将有部分反射光没有反射进 Y 型光纤束，接收到的光强逐渐减小。位移－输出信号曲线图如 8.28 所示。

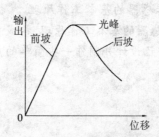

图 8.28 光纤位移传感器的位移－输出信号曲线图

所用光纤束的特性是影响本光纤传感器的灵敏度的主要因素。这些特性包括光纤的数量、尺寸和分布，以及每根光纤的数值孔径。尤其是 Y 型光纤束中发射光纤和接受光纤的分布状况对探头测量范围和灵敏度的大小有较大的影响。为达到较高的灵敏度和线性度，Y 型光纤束中发射光纤和接受光纤的分布一般采用随机分布方式。

光纤位移传感器一般用来测微小位移，最小可检测零点几微米的位移量。该传感器已在镀层的不平度、零件的椭圆度、锥度、偏斜度等测量中得到应用，它还可测量微弱的振动，其特点是非接触测量。

2）光纤温度传感器

由半导体物理可知，透过半导体的透射光强度随温度 T 的增加而减小，利用这个特点实现的光纤温度传感器如图 8.29 所示。在发射光纤和输出光纤两端面间夹一片厚度约零点几毫米的半导体光吸收片，并用不锈钢管加以固定，使半导体与光纤成为一体。

光源（选择其发光光谱的峰值波长与半导体吸收的峰值波长一致的光源）发出功率恒定的光，通过输入光纤传播到半导体薄片，透射光强受到温度的调制，由输出光纤接收，并传播到光电探测器转换成电信号输出，这样就能测出温度。

图 8.29 光纤温度传感器测温原理图

这种传感器的结构非常简单，能够在强磁场环境中工作，测温范围为－20 ℃～300 ℃，精度为±3 ℃，时间常数约为 2 s。由于它具有超小型的特点，所以可将光纤温度敏感元件贴附在高压变压器的线圈上，用于监测线圈的温升。

本章小结

本章包括光敏电阻、光敏晶体管、CCD 摄像传感器及光纤传感器 4 部分内容。以光电效应为基础的光电元件的光照特性、光谱特性、温度特性、伏安特性等,是光电式传感器应用的依据。了解这几种光电元件的基本工作原理;重点应掌握光敏电阻、光敏晶体管的特性、参数及基本应用;理解几种典型应用的工作原理。了解光纤的结构及导光原理,掌握光纤传感器的类型及应用。简单了解 CCD 摄像传感器的基本工作原理,掌握其类型及应用。本章偏重于实践,在学完本章后,应对光学量传感器的基本工作原理、构成原理、类型、特性及应用等问题有一理性认识,并能利用光电元件自己设计并制作一些简单的应用电路,积累感性认识,培养实践能力。

练习 8

(1) 光电效应有哪几种? 与之对应的光电元件有哪些? 请简述其特点。

(2) 光敏电阻有哪些基本特性及参数? 简述其检测原理。

(3) 光敏二极管、光敏三极管有哪些基本特性及参数? 如何测试它们的好坏?

(4) 用光敏二极管及可控硅设计一种天黑时灯亮,天亮时灯暗的自动路灯电路,路灯用 220 V供电,共 5 盏。

(5) 简述利用面型 CCD 摄像传感器实现二维图像识别的基本原理。

(6) 按照光纤在传感器中的作用的不同,光纤传感器可分为几种? 试举例说明。

9 数字式传感器及其应用

数字式传感器与传统传感器相比的最大优点是以数字量作为输出,而传统传感器要想实现数字显示与控制,必须借助于模拟/数字转换器。常见的数字传感器,如光栅传感器、感应同步器等大多应用在数控机床位置测控系统中。

9.1 光栅传感器及其应用

光栅传感器主要用于长度和角度的精密测量以及数控系统的位置检测等,具有测量精度高、抗干扰能力强、适于实现动态测量和自动测量以及数字显示等特点,在座标测量仪和数控机床的伺服系统中有着广泛的应用。

9.1.1 光栅传感器的工作原理

1)光栅的类型

在玻璃、镀膜玻璃或金属上进行刻线(一般为 8~12 mm)的密集刻画,得到如图 9.1 所示的黑白相间且间隔细小的条纹,这就是光栅。光栅上栅线的宽度为 a,线间宽度为 b,一般取 $a=b$,而 $W=a+b$,W 称为光栅栅距。通常将在计量工作中使用的光栅称为计量光栅。计量光栅由主光栅(又称标尺光栅)和指示光栅组成,计量光栅按其形状和用途可分为长光栅和圆光栅两类。

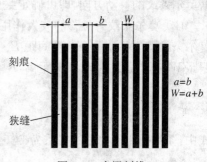

图 9.1 光栅刻线

长光栅又称光栅尺,主要用于长度或直线位移的测量。长光栅由长短两块光栅组成。长的一块称为主光栅,短的一块称为指示光栅,两者的刻线密度相同。刻线密度由测量精度决定。

按照光栅的走向,长光栅可分为透射光栅和反射光栅。透射光栅是将栅线刻在透明的工业用普通白玻璃上。反射光栅是将栅线刻在有强反射能力的金属或玻璃镀膜上,也可刻在钢带上,采用金属光栅可以减小温度误差,适用于生产场合。

圆光栅又称为光栅盘,用来测量角度或角位移,根据刻线的方向可分为径向光栅和切向光栅。径向光栅的栅线延长线全部通过光栅盘的圆心;切向光栅的栅线的延长线全部与光栅盘中心的一个小圆(直径为零点几毫米到几毫米)相切。

圆光栅也由大、小两块光栅组成。大的称为主光栅,小的称为指示光栅,两者刻线密度相同。圆光栅只有透射光栅。

2)莫尔条纹

如果把两块栅距 W 相等的光栅面平行安装,并且让它们的刻痕之间有较小的夹角 θ 时,这时光栅上会出现若干条明暗相间的条纹,这种条纹称莫尔条纹,如图 9.2 所示。莫尔条纹是光栅非重合部分光线透过而形成的亮带,它由一系列四棱形图案组成,如图 9.2 所示。f - f 线区则是由于光栅的遮光效应形成的。

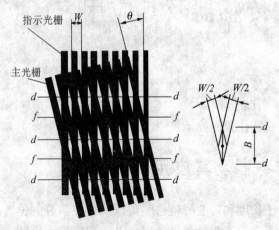

图 9.2　莫尔条纹

莫尔条纹具有两个重要的特性:

(1) 当指示光栅不动,主光栅左右平移时,莫尔条纹将沿着指示栅线的方向上下移动,根据莫尔条纹的移动方向,即可确定主光栅左右移动的方向。

(2) 莫尔条纹有位移的放大作用。当主光栅沿着与刻线垂直的方向移动一个栅距 W 时,莫尔条纹随之移动一个条纹间距 B。当两个等距光栅的栅间夹角 θ 较小时,主光栅移动一个栅距 W,莫尔条纹移动 KW 距离,K 为莫尔条纹的放大系数,可由下式确定,即

$$K = B/W \approx \frac{1}{\theta} \tag{9.1}$$

式中,条纹间距与栅距的关系为

$$B = W/\theta \tag{9.2}$$

由上式可以看出,当 θ 较小时,例如 $\theta = 30'$,则 $K = 115$,表明莫尔条纹的放大倍数相当大。这样,就可把肉眼看不见的光栅位移变成清晰可见的莫尔条纹移动,可以用测量条纹的移动来检测光栅的位移,从而实现高灵敏的位移测量。

9.1.2　光栅传感器的结构

光栅传感器是利用莫尔条纹将光栅栅距的变化转换成莫尔条纹的变化,只要利用光电元件检测出莫尔条纹的变化次数,就可以计算出光栅尺移动的距离。光栅传感器作为一个独立完整的测量系统,它包括光栅传感器(光栅尺)和数显表两部分。

1) 光栅传感器

光栅传感器由光源、光栅尺、光电元件及光学系统组成。常见的光栅传感器有透射长光栅、圆光栅传感器,如图 9.3 所示。图 9.4 为数控机床上的光栅传感器。

2) 光栅数显表

为了辨别位移的方向,进一步提高测量精度,需要将传感器输出的信号送入数显表作进一步的处理才能显示。因此,光栅数显表由放大整形电路、辨向和细分电路、可逆电子计数器以

及显示电路等组成。

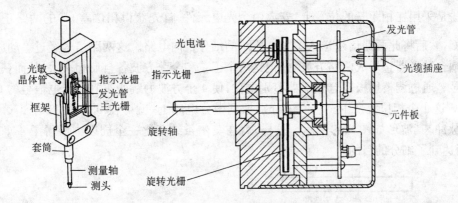

图 9.3　透射长光栅和圆光栅传感器

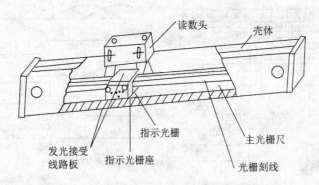

图 9.4　机床用光栅传感器

（1）辨向电路

在相距 1/4 莫尔条纹间距上安装两个光电元件 S_1、S_2，这样两个光电元件的输出信号相位差为 90°。当莫尔条纹向下移动时，减法计数；当莫尔条纹向上移动时，加法计数。如图 9.5 所示。

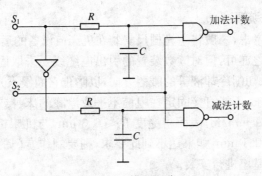

图 9.5　辨向电路

（2）细分

为了提高测量精度，可以采用增加刻线密度的方法，但是这种方法受到制造工艺的限制。另一种方法就是采用细分技术，所谓细分（也叫倍频），是在莫尔条纹变化一个周期内输出若干个脉冲，减小脉冲当量，从而提高测量精度。

细分方法很多种，最常用的细分方法是直接细分（也称位置细分），常用细分数为 4，故又称四倍频细分。实现方法有两种：一是在莫尔条纹宽度依次放置 4 个光电元件，采集不同相位的信号,从而获得相应依次相差 90°的 4 个正弦信号,再通过细分电路,分别输出 4 个脉冲;另一种方法是采用在相距 $\frac{L}{4}$ 的位置上,安放两个光电元件,首先获得相位差 90°的两路正弦波信号 S 和 C,然后将此两路信号送入图 9.6 所示的细分辨向电路。这两路信号经过差动放大,再由射极耦合整形器整形成两路方波,并把这两个正弦和余弦方波各自反相一次,从而获得 4 路方波信号。通过调整射极耦合整形器鉴别电位,使 4 个方波的跳变正好在光电信号的 0°,90°,180°,270°这 4 个相位上发生。它们被分别加到微分电路上,就可在 0°,90°,180°,270°处产生一个窄脉冲,其波形如图 9.6 所示。这样,就在莫尔条纹变化一个周期内获得了 4 个输出脉冲,从而达到了细分的目的。

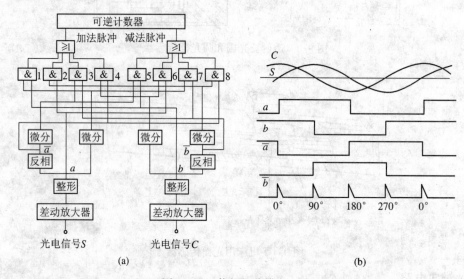

图 9.6　四倍频细分辨向电路

9.1.3　光栅传感器的应用

1）光栅传感器的安装调试

从光栅的使用寿命考虑,一般将主光栅尺安装在机床或设备的运动部件上,而读数装置则安装在固定部件上。反之亦可,但对读数装置的引出电缆线要采取固定保护措施。合理的安装方式还要考虑到切屑、切削冷却液等的溅落方向,以防止它们侵入光栅内部。光栅传感器对安装基面也有一定的要求,不能直接固定在粗糙不平或涂漆的床身或机身上。安装基面的直线误差要小于或等于 0.1 mm/m,表面粗糙度 $R_a \leqslant 6.3~\mu m$,与机床相应导轨的平行度误差在全长范围内小于或等于 0.1 mm,如果达不到此要求,则要制作专门的光栅主尺尺座和一个与尺身基座等高的读数头基座进行安装。

在安装读数装置时,应保证与尺身间隙为(1.5± 0.3)mm,并使读数装置中点位置上的指示箭头对准工作台的行程中点。在调试时要检查光栅尺的回零误差,一般要求不大于一个脉冲当量。

使用光栅位移测量装置应注意的几个问题:

(1)插拔读数头与数显表的连接插头时应关闭电源。

(2)使用过程中应及时清理溅落在测量装置上的切屑和油液,严防异物进入壳体内部。

(3)应保持光栅尺的清洁,可每隔一年用乙醚混合液洗擦尺面。

114

（4）为防止工作台移动超过光栅尺长度而撞坏读数装置，可在机床导轨上安装限位装置。此外，在选购光栅传感器时，其测量长度应大于工作台的最大行程。

2）光栅数显装置的维护

数显装置出现故障时，必须进行检修后方能继续使用。检修前，首先要熟悉电路的工作原理，了解各部分之间的联系，以便正确分析故障原因，找出故障的部位并加以排除。数显装置包括光栅传感器和数显表两大部分，一旦出现故障，首先应判断是数显表的故障（机内故障）还是传感器的故障（机外故障）。如果有备用数显表，则可先替换，在确定大致故障部位后再进一步判断故障的具体部位。图 9.7 所示为排除故障的流程图。

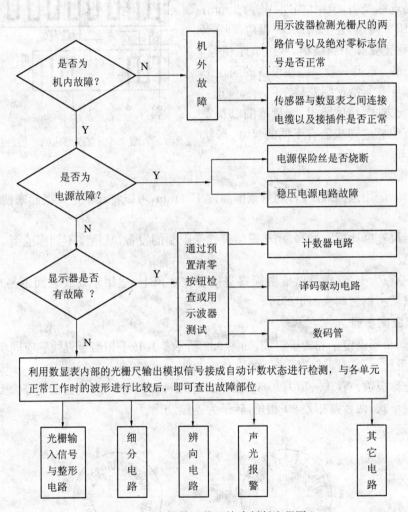

图 9.7　光栅数显装置故障判断流程图

9.2　感应同步器及其应用

感应同步器是利用电磁感应原理来测量直线位移的传感器，它具有对环境要求低、抗干扰能力强、维护简单、使用寿命长等优点。它与数显表配合使用，能测出 0.01 mm 甚至 0.001 mm 的直线位移或 0.5″ 的角位移，并能实现数字显示，还可用于大位移的测量，所以在自

115

动检测和自动控制系统中获得广泛应用。

9.2.1 感应同步器的种类及结构

感应同步器按其用途不同,可分为测量直线位移的直线感应同步器和测量角位移的圆感应同步器两大类。

1）直线感应同步器

直线感应同步器由定尺与滑尺组成,如图9.8所示。在定尺和滑尺上制作有印刷电路绕组,定尺上是连续绕组,节距(周期)W 为 2 mm;滑尺上的绕组分两组,在空间差 90°相角(即 1/4节距),分别称正弦和余弦绕组,两组节距相等,W_1 为 1.5 mm。定尺一般安装在设备的固定部件上(如机床床身),滑尺则安装在移动部件上。

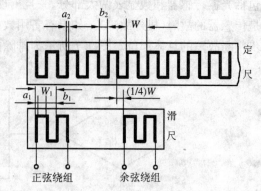

图 9.8 直线感应同步器绕组

根据运行方式、精度要求、测量范围以及安装条件等,直线感应同步器有不同的尺寸、形状和种类。

（1）标准型

精度最高,应用范围最广,若测量范围超过 150 mm,可以将几根定尺接起来使用。

（2）窄型

定尺、滑尺宽度比标准型窄,用于安装尺寸受限制的设备,其精度不如标准型。

（3）带型

定尺的基板为钢带,滑尺做成游标式直接套在定尺上,适用于安装表面不易加工的设备上,使用时只需将钢带两头固定即可。

2）圆感应同步器

圆感应同步器由定子和转子组成,如图 9.9 所示。其转子相当于直线感应同步器的定尺,定子相当于滑尺。目前圆感应同步器的直径有 302 mm、178 mm、76 mm、50 mm 等 4 种,其径向导体数(也称极数)有 360、720、1 080 和 512 等几种。圆感应同步器的定子绕组也做成正弦、余弦绕组形式,两者要相差 90°相角,转子为连续绕组。

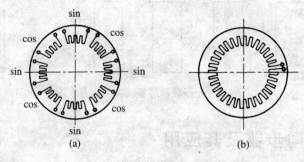

图 9.9 圆感应同步器绕组

9.2.2 感应同步器的工作原理

1) 工作原理

在实际使用中,感应同步器的定尺和滑尺分别安装在机械设备的固定部件和运动部件上。工作时,定尺和滑尺处于相互平行和相对的位置,中间保持一个很小的距离(如 0.25 mm)。当滑尺上正弦、余弦绕组的两端接入交流电压,绕组中就有交流电流通过,在绕组周围产生交变磁场,于是使处于这个交变磁场中的定尺绕组(感应绕组)上产生一定的感应电势。这个感应电动势的大小与接入交流电压(激磁电压)和两尺的相对位置有关。感应电动势与绕组位置的关系如图 9.10 所示。

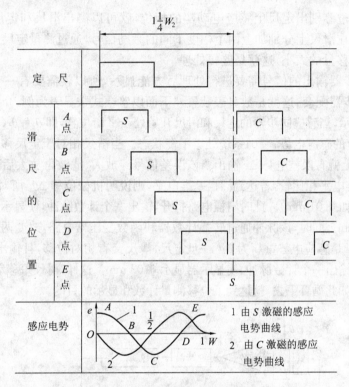

图 9.10 感应电动势与绕组位置的对应关系

当滑尺上的正弦绕组 S 和定尺上绕组处在重合位置(A 点)时,耦合磁通最大,定尺绕组的感应电势也为最大;当滑尺向右移动时,感应电势逐渐减小,在移动到 $\frac{1}{4}W$(节距)位置处(B 点),定尺感应绕组内的感应电势相互抵消,总电势为 0;继续向右移动 $\frac{W}{2}$ 处(C 点)时,定尺感应电动势为负的最大值;在移至 $\frac{3W}{4}$ 处(D 点)又变为 0;当滑尺再移动 $\frac{1}{4}$ 个节距时(E 点),又回到与初始位置完全相同的耦合状态,感应电势为最大。这样,感应电势随着滑尺相对定尺的移动而呈周期性变化,其变化如图 9.10 中曲线所示。同理,余弦绕组接入交流电压时,定尺绕组中也将产生感应电势。定尺上产生的总的感应电势是正弦、余弦绕组分别接入交流电压(激磁电压)时产生的感应电势之和。加大激磁电压,可获得较大的感应电势值,但过高的激磁电压会使激磁电流过大而无法正常工作,一般取 1~2 V。激磁频率一般为 1~2 kHz,频率越大,允许测量速度就越高,但精度降低。

2) 信号处理方式

感应同步器的信号处理方式有鉴相和鉴幅两种。鉴相处理是在滑尺的正弦和余弦绕组上分别加上幅度和频率相等、相位差为 90° 的交流信号,然后根据定尺上的感应电动势的相位来确定滑尺和定尺之间的相对位移量,即

$$e = kU_{\max}\sin(\omega t - \theta_x) \tag{9.3}$$

式中:e 为定尺上的感应电动势;k 为电磁耦合系数;$U_{\max}$ 为感应电动势的最大值;θ_x 为滑尺、定尺之间的空间相位角,且 $\theta_x = \dfrac{2\pi}{W}x$。

所以,只要通过鉴别出定尺上感应电动势的相位,就可以测出滑尺和定尺之间的相对位移。同理,也可以在滑尺上分别加上两个幅度不同的激励信号,通过测量定尺上感应电动势的幅度,就可测出位移量的大小,这就是鉴幅处理。

既然感应同步器输出的信号需要进行处理后方能显示,所以就需要有一个信号处理及显示单元与感应同步器配套,这就是数显表装置。下面以鉴幅式数显表为例,介绍其工作过程。

如图 9.11 所示,当感应同步器的定尺和滑尺开始处于平衡位置,即 $\theta_x = \theta_d$(θ_d 为励磁电压的相位角)时,定尺上的感应电势 $e=0$,系统处于平衡状态。当滑尺相对于定尺移动一个微小距离 Δx 后,于是定尺上就有误差电势 Δe 输出。该误差信号经放大、滤波再放大后进入门槛电路并与门槛电路的基准电平相比较,若达到门槛基准电平,则说明机械位移 $\Delta\theta_x$ 所对应的 Δx 等于系统所设定的数值(如 0.01 mm)。此时门槛电路打开,输出一个计数脉冲,使显示器显示一个脉冲当量值,如 0.01 mm。同时,该脉冲通过转换计数器和函数变压器电路,改变两组激磁电压的幅值,使 $\Delta\theta_d = \Delta\theta_x$,于是感应电势重新为 0。一旦定尺、滑尺又有相对位移,且输出信号 Δe 又达到门槛电平时,则又输出一个计数脉冲,使显示器显示 0.02 mm。这样,滑尺每移动 0.01 mm,系统从不平衡到平衡,如此循环下去,就达到了位移测量计数和显示的目的。

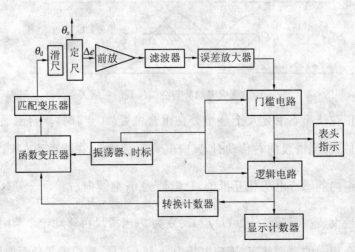

图 9.11 鉴幅型感应同步器数显表方框图

如机械位移量小于 0.01 mm,门槛电路打不开,也就无计数脉冲输出,后面的电路不工作,IED 数码管显示器的数值不变。但此时的误差电压进入 μm 表电路,可指示出 μm 级的位移。

118

3）感应同步器数显装置故障判断和处理

感应同步器数显装置故障判断流程图如图 9.12 所示。

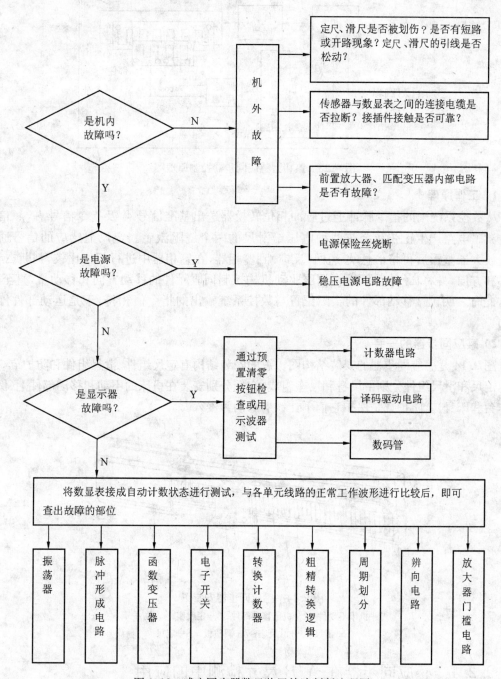

图 9.12　感应同步器数显装置故障判断流程图

9.2.3　感应同步器在数控机床中的应用

感应同步器不仅可用作位移测量,而且也可作为数字控制系统的闭环反馈元件。图 9.13 所示即为利用感应同步器作为反馈元件的鉴相型闭环伺服应用原理图。

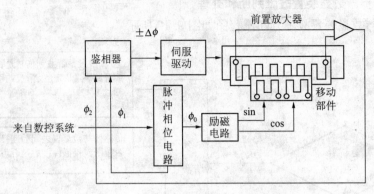

图 9.13　鉴相型感应同步器控制原理图

1）工作原理

从数控系统来的指令脉冲通过脉冲相位转换器送出基准信号 ϕ_0 及指令信号 ϕ_1，ϕ_0 信号通过激磁电路产生正弦和余弦两种电压给滑尺的两个绕阻激磁。定尺上感应的信号通过前置放大器整形后再将信息 ϕ_2 送回（反馈）到鉴相器，在鉴相器中进行相位比较，判断 $\Delta\phi$ 的大小和方向，并将 $\Delta\phi$ 的数值送至伺服驱动机构控制伺服元件的移动方向和移动量，直至 $\Delta\phi=0$，此时表明机械移动部件的实际位置与数控系统输出的指令值相符，于是运动部件停止移动。

2）感应同步器的安装

图 9.14 是感应同步器的安装结构图。总的安装结构有定尺组件、滑尺组件和防护罩 3 部分。定尺和滑尺组件分别由尺身和尺座组成，它们分别安装在机床的不动和移动部件上（例如工作台和床身）。防护罩是保护它们不让铁屑和油污侵入。

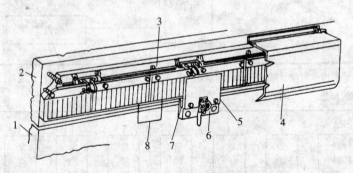

图 9.14　感应同步器安装图

1—机床不动件；2—机床移动部件；3—定尺座；4—防护罩

5—滑尺；6—滑尺座；7—调整板；8—定尺

9.2.4　感应同步器在 A/B 尺寸检测中的应用

A/B 尺寸检测是 HGA 生产过程中一个重要的工序，直接关系到产品的品质，同时对生产线的质量监控也有重要的意义。由于尺寸精度要求高，并且只能用非接触式的测量方式，所以测量有相当的困难。目前国内外共有两种测量 A/B 尺寸测量方法：

1）测量 A/B 尺寸的方法

（1）工具显微镜

用工具显微镜进行测量时,首先要调校好基准,然后将 HGA 放在 X - Y 台上,通过旋转滚筒以使浮动块的两个边对准刻度线,再记录下数据。由于这种方法是通过显微镜用肉眼进行观测,所以受人的主观影响很大,误差较大,可达 0.005～0.01 mm,而PICO产品的精度要求为$A=4.712$ mm±0.025 mm,显然不能满足要求。另外,该方法的测量速度很慢,测量者很容易疲劳;测量数据需要手工记录,再进行整理十分烦琐,并容易出错。

(2) 头偏测试仪

该方法是在装配孔和基准孔上各选取 6 个点,然后计算出两个圆心,确定弹性臂的轴线,再在浮动块的两条边上各取两个点,确定出两条边,然后计算出 A 尺寸和 B 尺寸。该方法辅以视觉系统,所有点的确定都是在屏幕上进行的,但最终还是通过人眼决定图像上的 16 个点,所以仍然受人的主观影响,导致测量精度不高。另外,由于要逐一测量 16 个点,所以速度较慢。

总之,目前的测量方法远不能满足 PICO 以及以后越来越小的产品测量需要。基于提高测量精度及速度的目的,产生了新一代的基于视觉系统的自动 A/B 尺寸测量仪。

2) 系统结构

整套系统的外形如图 9.15 所示。测量系统安装在大理石台上,平稳牢固。立柱直径较大,刚性很好,并且立柱上有螺纹,便于摄像头聚焦。摄像头及镜头的尺寸很小,美观且不占空间。系统有两个步进电机,完成水平及垂直方向的运动。水平方向实现孔到孔及孔到边的移动;垂直方向完成图像聚焦。系统光源采用冷光源,并且使用同轴光。

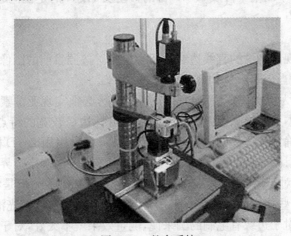

图 9.15 整套系统

系统的使用也极其简单。操作者左手按下开夹装置,右手上下 HGA。测量时,只要在键盘上按动一个按钮即可,测量结果自动存到数据库里。整个系统的原理图如图 9.16 所示。整套系统包括:机械子系统——运动执行机构及工装夹具;信号子系统——直线感应同步器、数显表;视觉子系统——CCD 摄像头、光源、图像卡;上位机控制子系统——PC 机;下位机控制子系统——MSC - 51 单片机、步进电机、驱动电源。

系统的工作原理是:CCD 摄像头将摄入的图像传给图像卡,图像卡将图像转换成数字图像,数字图像再经计算机上应用软件处理提取有用信息,供计算 A/B 尺寸使用;X - Y 台运动信号由计算机发出,通过 RS - 232 口传给控制器,控制器通过驱动器来驱动步进电机;工作台的位置坐标由感应同步器进行精确测量,结果由数显表传递给控制器,控制器再将数据传回给计算机,计算机将数据比较后再发出指令,让步进电机进行误差补偿,从而形成一个闭环控制。

A/B 尺寸自动测量仪的检测方法与头偏测试仪的检测方法差不多,也是检测出两个圆心

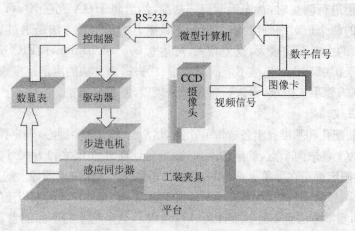

图 9.16　系统结构简图

及浮动块的两条边,然后计算出 A 和 B 的尺寸,所不同的是全部工作由计算机完成,而是自动完成的,其精度可达 $0.1\ \mu m$,完全能够满足要求。

3) 系统特点

A/B 尺寸测量仪是基于视觉系统的测量仪器,因此图像处理是整套系统能否实现高精度测量的关键。另外,由于测量中涉及 X - Y 台的移动及 HGA 的定位问题,所以运动精度和装夹定位也是考虑的重点。

(1) 图像处理

仪器的关键是实现高精度的直线边缘及圆心检测。按照目前的图像放大倍数及图像的分辨率,一个像素大概相当于 $4\ \mu m$,不能满足精度的要求。

① 亚像素测量。为了实现高精度的直线边缘测量,必须实现亚像素(sub-pixel)测量。亚像素边缘检测算法基本上是根据图像有一定模糊时目标边缘较宽的特点,通过统计方法利用边缘法线方向的信息确定其边界的亚像素位置。另外,可采用用 2 - D 模板拟合的方法计算边界的亚像素位置,但计算量较大。在本系统中,采用统计方法确定边界的亚像素位置。

② BLOB 分析。对于圆心检测可采用 BLOB 分析。BLOB 分析是将圆内的所有像素进行统计,然后计算出这些像素的几何中心来作为圆的中心。对于比较光滑的圆边缘来说,测量结果是相当好的。但对于边缘有毛刺的圆来说,测量效果就不太好,对于这种情况可采用基于切线方向信息的亚像素边缘检测算法。

(2) 误差补偿与控制

由于整个测量工作不能在一幅画面内完成,这就涉及工件的移动。为了达到高精度的移动,运动距离的控制必须精确。运动部件由步进电机、高精度滚珠丝杠及滑块等组成。经多次测试,该结构的精度仅能达到 $\pm 2.5\ \mu m$,势必造成整体的测量精度下降。为了提高运动精度,可采用直线感应同步器来实现误差补偿,因为感应同步器具有以下特点:

① 精度较高,可达 $\pm 0.5\ \mu m$。

② 受环境温度、湿度变化的影响小。

③ 抗干扰能力强。

④ 使用寿命长。

⑤ 价格较低。

但对安装精度由一定的要求,主要是平行度及距离的要求。

控制部分可采用 MSC-51 单片机。因为 MSC-51 单片机具有 5 个中断源(分为两个优先级);有全双工的串行口,便于与上位机通信;另外还有强大的指令系统。所以 MSC-51 单片机十分适合本系统。

(3) 浮动锥销定位

工装夹具是仪器设计的另外一个要点。从前面的测量原理可知,理论上测量结果与 HGA 的位置无关,但测量结果与 HGA 的位置有很大关系。由于有的孔既是定位孔又是测量孔,所以这给夹具设计带来一定的难度;采用装配孔及腰形孔为定位孔,让出基准孔,这样做的目的是为了减小对基准孔图像质量的影响,以便用来进行测量。为了提高定位精度,采用了锥销定位方式。由于测试时,如果采用固定锥销,势必对锥销的尺寸精度提出极高的要求,这是很难做到的,基于这方面的考虑,采用浮动锥销定位方式来解决精度方面的矛盾。采用这种方式后,定位精度可达±0.5 μm,完全满足系统的需要。

(4) 同轴光源

光线对测量的精度影响极大,如果要得到高精度的测量结果,光线方向及亮度必须固定。如果光线变亮或变暗,那么浮动块的边缘会向某一方向偏移,对测量精度有极大的影响;如果光线的入射角度改变,则可能会在浮动块的某一边产生阴影,影响边缘的确定。基于以上的考虑,采用了同轴光。因为它具有很好的方向性,并且容易固定,能保证测量的一致性。

(5) 图像聚焦

理论上讲,图像焦距的微小变化不会对圆心检测造成影响,但实际上其影响不仅仅是图像的模糊,而且会造成图像的偏移,从而影响测量精度。由于安装时摄像头与工装不可能完全垂直,所以当工装在其轴线方向移动时,其轴线与摄像头的轴线已经产生了偏移,从而影响了测量精度。因此要求准确聚焦。理论上讲,自动聚焦是最准确的,但由于目前这个函数还没有开发出来,所以只能靠步进电机走定长,这往往会产生系统误差。

(6) 系统调校

对于一个测量系统来说,系统调校是一件十分关键的事。如果不能进行系统调校或不能进行准确的调校,那么该测量系统是不能使用的。摄像头的焦距、软件系统误差补偿参数的变动、光线的变化、导轨与工装的平行度、图像二值化时阈值的选取等都会引起系统误差,因此必须有一个基准来测量系统误差并在软件中给予补偿。测量系统误差通过标准块进行测量,并定期测量调校。

(7) 软件功能

上位机软件除完成图像处理、上位机控制的功能外,还提供了数据库的功能。将数据库引入到 A/B 尺寸测量仪中,实现了数据本地处理、与远程服务器连接的功能,并且数据很容易转到 EXCEL 等软件中做进一步的处理。

(8) 系统精度

由于采用了以上 3 项技术,整套系统的误差大大降低。按照极端的算法,将 3 部分误差相加,可得出整套系统的精度为±1.1 μm,测量精度明显高于其他的测量方法。事实上,由于各项误差符合一定的分布规律(一般为正态分布),所以实际误差还要小。

① 运动误差。尽管采用了感应同步器,但由于其精度只有±0.5 μm,所以对 R&R 有较大的影响。如果要进一步提高运动精度,则可采用光栅尺。

② 图像质量。由弹性臂舌片的结构造成在浮动块 A 尺寸边缘处成像不够清楚,有时会造成误判断,这个问题可通过调整光线来改善图像质量。另外,智能化确定判断框的位置也能提

高精度。

9.3 旋转变压器及其应用

旋转变压器是一种输出电压随转子转角而变化的角位移检测传感器,它实际上是一种测量角度用的小型交流电机。由于它具有结构简单、牢固,对工作环境要求高,输出信号幅度大,以及抗干扰能力强等优点,所以常用于数控机床中角位移的检测。但普通的旋转变压器测量精度较低,为角、分数量级,使用范围受到一定的限制,一般只用于精度要求不高或大型机床的粗测及中等精度测量系统中。

9.3.1 旋转变压器的结构及工作原理

旋转变压器的结构和两相异步电动机相似,也由定子和转子组成,分为有刷和无刷两种,如图 9.17 和图 9.18 所示。

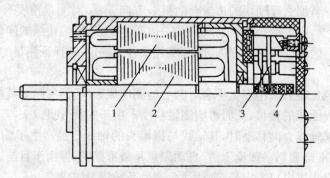

图 9.17 有刷旋转变压器结构
1—定子;2—转子;3—电刷;4—滑环

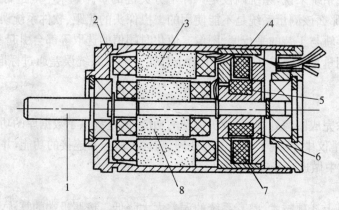

图 9.18 无刷旋转变压器结构
1—转子轴;2—壳体;3—分解器定子;4—变压器定子;5、7—变压器线圈
6—变压器转子线轴;8—分解器转子

在有刷旋转变压器结构中,定子和转子上分别有两个互相垂直的绕组,定子与转子铁心间有均匀气隙,转子绕组的端点通过电刷和滑环引出。无刷旋转变压器没有电刷和滑环,它由两部分组成:一部分叫分解器,其结构与有刷旋转变压器基本相同;另一部分叫变压器,它的一次

绕组绕在与分解器转子轴固定在一起的线轴(由高导磁材料制成)上,与转子一起旋转,它的二次绕组绕在与转子同心的定子线轴(由高导磁材料制成)上。分解器定子线圈接外加的激磁电压,转子线圈的输出信号接到变压器的一次绕组,从变压器的二次绕组引出输出信号。无刷旋转变压器具有可靠性高、寿命长、不用维修以及输出信号大等优点,已成为数控机床中常用的位置检测元件。

旋转变压器又分单极型和多极型。单极型的定子和转子上有一对磁极,多极型则有多对磁极。使用时,伺服电机的轴与单极旋转变压器的轴通过精密升速齿轮连接,根据机床传动丝杆螺距的不同,选用不同的齿轮升速比,以保证机床的位移脉冲当量与 CNC 输入设定单位相一致。由于使用多极旋转变压器,不用中间齿轮,直接与伺服电机同轴安装,因而精度更高。

旋转变压器是根据互感原理工作的,如图 9.19 所示。它的结构设计与制造保证了定子与转子之间的空气隙内的磁通分布呈正弦规律变化。当定子绕组加上交流激磁电压时,通过互感在转子绕组中产生感应电动势,其输出电压的大小取决于定子与转子两个绕组轴线在空间的相对位置。两者平行时互感最大,副边的感应电动势也最大;两者垂直时互感的电感量为0,感应电动势也为 0。当两者呈一定角度时,其互感呈正弦规律变化,即

$$e_2 = ke_1\cos\alpha \tag{9.4}$$

式中:e_1 为定子绕组感应电动势,它与外加电压方向相反;e_2 为转子绕组感应电动势;k 为两个绕组的匝数比 $\dfrac{W_1}{W_2}$;α 为两个绕组轴线间的夹角。

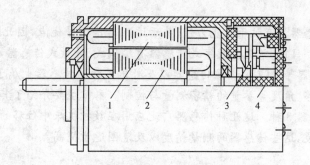

图 9.19　旋转变压器工作原理

由脉动磁场 ϕ_1 在原边 W_1 中感应的电动势 e_1 为:

$$e_1 = 4.44fW_1\phi_1 \tag{9.5}$$

式中,f 为激磁电压的频率,在数控系统中应用时常取 2～4 kHz。

由旋转变压器构成角位移测量系统时,其信号处理方式与感应同步器类似,也分为鉴相和鉴幅两种方式。

9.3.2　旋转变压器的应用

利用旋转变压器作位置检测元件时,常采用鉴相工作方式,下面介绍它在数控机床相位伺服系统(闭环及半闭环伺服系统中的一种)中的应用。

图 9.20 是该系统的原理方框图。旋转变压器工作在移相状态,它把机械角位移转换成电信号的相位移。由数控装置发出的指令脉冲,经脉冲-相位变换器变成相对于基准相位 ϕ_0 而

变化的指令相位 ϕ_C，ϕ_C 的大小与指令脉冲成正比。ϕ_C 超前还是落后于 ϕ_0，取决于指令的方向（即正向或负向），随时间变化的快慢与指令脉冲频率成正比。基准相位经 $90°$ 移相，变成幅值相等、频率相同、相位差为 $90°$ 的正弦、余弦信号，施加给旋转变压器的两个正交绕组。从它的转子绕组中取出的感应电压的相位 ϕ_P 与转子相对于定子的空间位置有关，即 ϕ_P 反映了电机轴的实际位置。实际相位 ϕ_P 与指令相位 ϕ_C 通过鉴相器的比较，产生的差值信号经位置调节器作为速度给定信号加到速度控制单元，控制伺服电机向着消除误差的方向旋转。ϕ_C 随指令连续变化，而 ϕ_P 始终跟踪 ϕ_C 变化，从而使控制电机带动工作台连续运动。

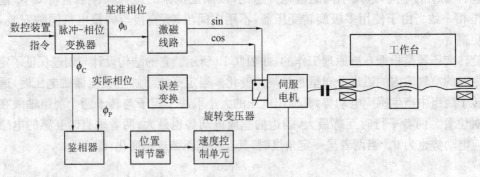

图 9.20　相位伺服控制系统方框图

本章小结

由于数字式传感器具有抗干扰能力强、易于远距离传输等优点，因此，传感器的数字化是传感器的发展方向。目前，常见的数字式传感器有编码式、计数式传感器，以及感应同步器、光栅传感器、旋转变压器等。CCD 图像传感器以及激光式数字传感器也属于数字式传感器。这些传感器均用于位移、角度等参量的精密测量与控制。本章主要介绍了其中的感应同步器、光栅传感器、旋转变压器 3 种。这几种传感器广泛应用在数控机床中位移的测量和控制系统中。随着科技的不断发展，这些传感器的测量精度以及范围逐步提高。

习题 9

(1) 莫尔条纹有何特点？

(2) 光栅传感器由哪几部分组成？各部分的作用是什么？

(3) 什么是细分技术？它可以提高传感器的哪些参数？

(4) 什么是辨向技术？有什么实用价值？

(5) 感应同步器的工作原理是什么？由哪几部分组成？

(6) 简述同步器数显表的工作原理。

(7) 旋转变压器与普通变压器有哪些区别？

(8) 简述旋转变压器在数控机床相位伺服系统中的工作过程。

10 其他传感器及其应用

10.1 气敏和湿敏传感器及其应用

10.1.1 气敏传感器

气敏传感器是一种把气体中的特定成分和浓度检测出来，并将它转换成电信号的器件。

气敏传感器最早用于可燃气体及瓦斯泄漏报警器，用于防灾，保证生产安全。以后逐步推广应用，用于有毒气体的检测、容器或管道的检漏、环境监测（防止公害）、锅炉及汽车的燃烧监测与控制、工业过程的检测与自动控制热水器等方面。表10.1列出了气敏传感器主要检测对象及其应用场所。

表 10.1　半导体气敏传感器的应用实例

分　类	检 测 对 象	应 用 场 合
易燃、易爆气体	液化气、煤气、天然气 甲烷 氢气	家用 矿山 冶金、实验室
有毒气体	一氧化碳、二氧化碳等 硫化物 卤素、卤化物、氨气等	车辆及燃料 石油化工 化工与金属冶炼
环境气体	氧气 水蒸气 大气污染	家庭、医疗 电子设备维护、食品加工 环境监测

目前，工厂和家庭中最常用的几种气敏传感器主要是半导体式及接触燃烧式。

半导体式气敏传感器的品种也是很多的，其中金属氧化物半导体材料制成的数量最多（占气敏传感器的首位），其特性和用途也各不相同。金属氧化物半导体材料主要有 SnO_2 系列、ZnO 系列及 Fe_2O_3 系列，由于它们的添加物质各不相同，所以能检测的气体也不同。

半导体气敏传感器适用于检测低浓度的可燃性气体及毒性气体如 CO、H_2S、NO_x 及 C_2H_5OH、CH_4、C_4H_{10} 等碳氢气体。其测量范围为百万分之几到百万分之几千。

接触燃烧式气敏传感器主要用于可燃性气体的检测，其测量范围为数百万分之几到爆炸下限浓度（LEL）。

半导体气敏传感器的基本工作电路如图10.1所示。负载电阻 R_L 串联在传感器中，其两端加工作电压，加热丝 f 两端

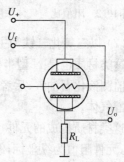

图 10.1　半导体气敏传感器的基本工作电路

127

加上加热电压 U_f。在洁净空气中,传感器的电阻较大,在负载电阻上的输出电压较小;当遇到待测气体时,传感器的电阻变得较小(N 型半导体型气敏传感器检测还原性气体),则 R_L 上的输出电压较大。

气敏传感器主要用于报警器,超过规定浓度时,发出声光报警,下面介绍几种应用电路。

1)气敏元件

众所周知,对于某些危害健康,引起窒息、中毒或容易燃烧爆炸的气体,应注意其含量为何值时达到危险程度,有的时候并不一定要求测出其含量的具体数值。在这种情况下,就需要一种气敏元件,它可以及时提供报警,以便及早采取措施,保证生命和财产的安全。一般来说,半导体气敏元件对气体的选择性比较差,并不适合精确地测定气体成分,这种元件一般只能够检查某种气体的存在与否,却不一定能够精确地分辨出是哪一种气体。尽管如此,这类元件在环境保护和安全监督中仍然有极其重要的作用。为了说明其用途,以下代表性地列举若干半导体气敏元件。

（1）氧化锌元件

氧化锌元件是比较常用的一种气敏元件。根据所用的催化剂的不同,可以推测环境空气中大体含有哪些气体。如 N 型半导体氧化锌与少量的三氧化二铬混合后,如果有催化剂铂存在时,则其元件的阻值与环境气体中的乙烷、丙烷、异丁烷的含量有关,含量越高,阻值越小;如果把催化剂换成钯,则对氢、一氧化碳、甲烷很敏感,也就是这些气体的含量越高,阻值越小;如果这种元件的阻值不变,则表明空气纯净。

气体浓度与元件阻值的关系可用图表示。若将元件在纯净空气中的阻值用 R_0 表示,则在有上述气体环境中的阻值用 R_g 表示,以气体的浓度为横坐标,阻值的比 R_g/R_0 为纵坐标,如图 10.2 所示。

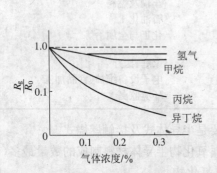

图 10.2　阻值比与气体浓度之间的关系

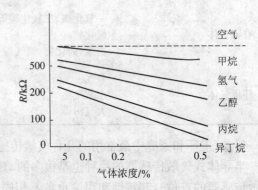

图 10.3　阻值与气体浓度之间的关系

（2）以三氧化二铁为主的元件

这类材质也是 N 型半导体材料,它又分为两种:α-三氧化二铁和 γ-三氧化二铁。前者用来监测液化石油气;后者用来监测乙烷、丙烷、丁烷、氢气和以甲烷为主的天然气,还可以检测乙醇气体。

这类材质构成的元件也是随气体含上述杂质量的提高,阻值减小。若将气体浓度作为横坐标,元件阻值为纵坐标,绘成特性曲线,如图 10.3 所示。在实际中也可以使用氧化锡-氧化钍气敏元件。在氧化锡中加入少量的氧化钍可制成对一氧化碳特别敏感的元件,这种元件在 200 ℃左右时对一氧化碳最灵敏。它的一个特点是对一氧化碳的灵敏度几乎不受其他气体的影响,也就是说,对一氧化碳有独特的选择性。但是使用时,必须将元件加热,而且必须维持在200 ℃左右。其他的气敏元件通常也要加热,但是并不像这种元件那样严格。另外,该元件遇到一氧化碳就会使输出振荡电路振荡起来,气体的浓度越高,振荡的频率越低,几乎成反比。其振幅随着浓度的增大而增大。

另外,五氧化二钒元件在加入少量的银之后对于一氧化氮很灵敏,而对其他的气体几乎没有反应。同时,这种元件也需要加热,温度需要维持在300 ℃。

以上介绍的气敏元件在实际生产和生活中都有很大的用途,而且随着新材料、新技术的出现,气敏元件必然更加精确,相信在不远的将来,会有性能更加优异的半导体气敏元件产生并运用到实际中。

2)气敏传感器的作用

(1)家用煤气报警控制器

当厨房由于油烟污染或由于液化石油气(或其他燃气)泄漏达到一定浓度时,它能自动开启排风扇,净化空气,防止事故的发生。

本电路如图 10.4 所示,采用 QM - N10 型气敏传感器,它对天然气、煤气、液化石油气有较高的灵敏度,并且对油烟也敏感。传感器的加热电压直接由变压器次级(6 V)经 R_{12} 降压提供;工件电压由全波整流后,经 C_1 滤波及 R_1、VD_5 稳压后提供。传感器负载电阻由 R_2 及 R_3 组成(更换 R_3 大小,可调节控制信号与待测气体的浓度的关系)。R_4、VD_6、C_2 及 C_1 组成开机延时电路,调整 R_4,使延时为 60 s 左右(防止初始稳定状态误动作)。

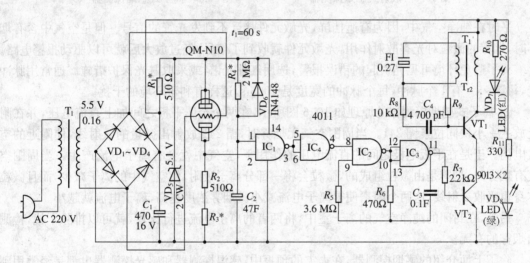

图 10.4　家用煤气报警器

当到达报警浓度时,IC_1 的 2 脚为高电平,使 IC_4 输出为高电平,此信号使 VT_2 导通,继电器吸合(启动排气扇);R_5、C_3 组成排气扇延迟停电电路,使 IC_4 出现低电平后 10 s 才使继电器释放;另外,IC_4 输出高电平使 IC_2、IC_3 组成的压控振荡器起振,其输出使 VT_1 导通时截止,则LED(红色)产生闪光报警信号。LED(绿色)为工作指示灯。

(2)火灾报警器

现代建筑必须有防灾报警装置,主要是火灾报警系统。火灾出现时往往伴随着烟雾、火光和高温及有害气体。因此,火灾报警的原理就是利用与此有关的传感器,先把异常信号转换成为易于传送的形式,再通过消防网络把火灾地点报告给指挥中心。

通常可以采用对有害气体敏感的气敏元件,这些元件能感知火灾发生时产生的有害气体,在适当电路的配合下,发出警报。不过,这些报警信号可以看作是火灾出现的参考因素,相比较而言,烟雾信号更为重要,因为烟雾作为火警的依据可信程度更高。

下面分别作介绍常见的 3 种感烟探测器:透射式、散射式和离子式:

① 透射式感烟探测器是利用烟雾的颗粒性来进行探测的,这是因为烟雾由微小的颗粒组成。在发光管和光敏元件之间,如果为纯净空气,则完全透光;如果有烟雾时,则接受的光强减少。这种方法适合于长距离的直线段自动监测,称为"线型探测器"。最好用半导体激光器发射脉冲光,这样光线强,且体积小、寿命长。

② 散射式感烟探测器是由发光管和光敏元件构成,在两者之间有遮挡屏,其结构如图10.5所示。图中虚线圆圈代表了金属丝网或多孔板。

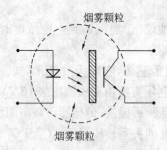

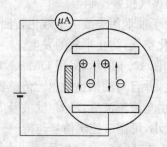

图 10.5　散射式感烟探测器　　　　图 10.6　离子式感烟探测器

平时在纯净空气中,因为有遮挡屏,光敏元件接受不到发光管的信号。但是空气中含有烟雾时,烟雾的微粒对光有散射作用,光敏元件就收到了信号,经过放大后就可以驱动报警电路。

为了避免环境可见光引起的错误报警,选用红外光谱,或采取避光保护措施。通常用脉冲光,每 $3\sim5\,s$ 有 1 个脉冲,每个脉冲的宽度是 $100\,\mu s$,这样有利于环境的干扰。

③ 离子式感烟探测器的原理如 10.6 图所示,在两个金属平板之间加上直流电压,并在附近放上一小块同位素镅 241。当周围空气无烟雾时,镅 241 放射出微量的 α 射线,使附近的空气电离。于是在平板电极之间的直流电压的作用下,空气中就会有离子电流产生。当周围空气有烟雾时,烟雾是由微粒组成的,微粒会将一部分离子吸附,使空气中的离子减少,而且微粒本身也吸收 α 射线,这两个因素使得离子电流减小。烟雾浓度越高,离子电流就越小。

另外,在封闭的纯净空气的离子室中,将两者的离子电流进行比较,就可以排除干扰,检测出烟雾的有无。

除了上面介绍的感烟探测器,在火灾的预报中,感温探测器和感光探测器也都是经常用到的。而在实际的应用中,为了提高检测的可靠性和灵敏度,经常是 3 种探测器一同使用。

(3) 检测酒气的专用传感器

酒后开车非常危险,但总有司机铤而走险。为保证交通安全,交通执法人员经常在路边使用专用的测试仪器,检查司机是否饮酒。只要把这种机器对着司机,从司机说话时口中散发出来的气味就能检查出该司机是不是喝过酒。

用三氧化二铁制造的元件能检测空气中的乙醇,乙醇浓度增加时其阻值减小。酒精测试器的关键元件是由溴酸镧制成的,它是一种 P 型半导体材料,遇到乙醇气体,它的电阻会增大,而且浓度越大,电阻就越大。其特性曲线如图 10.7 所示。

由图可知,在温度为 270 ℃时,阻值变化最大,所以使用时要用电热丝加热。观察图中的

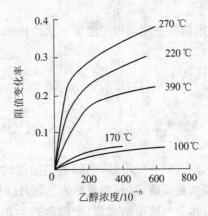

图 10.7　特性曲线

横坐标和纵坐标就会发现,在温度为 270 ℃时,空气中的乙醇浓度达到百万分之 400 时,其电阻大约变化为原阻值的 0.25 倍。换句话说,即乙醇含量达到万分之 4,其电阻值将增加约 1/4,可见是相当灵敏的,喝过酒的司机休想蒙混过关。

溴酸镧元件虽然简单,但容易受到一氧化碳和汽油挥发物的影响,用来定量测试不够可靠,所以基本不被使用。目前常用另外一种测试器,它是基于燃料电池原理。由于血液中的酒精浓度与呼出气体的酒精浓度之比是个常数,由测试者对着采样管端的喇叭口吹气,经燃料电池作用产生电信号,便可换算成血液中的酒精浓度,并利用数字显示出来。

自动化程度更高的办法不是在车下检查,而是在车上的驾驶室内装上燃料电池测试仪,司机要先对测试仪吹一口气,如果合格,则发动机才能点火启动,否则电路闭锁。

其他如尾气检测都是利用红外线气体分析仪进行,它是根据一氧化碳及其他碳氢化合物对红外线的吸收特性制成的。高速路上的超车检测就是利用微波的多普勒效应计算出车速的。这些虽然也与防灾报警有关,但属于专用仪器,在此不能一一尽述。

10.1.2　湿敏传感器

随着科技的发展及人民生活水平的提高,湿度的检测与控制成为生产和生活中必不可少的手段。例如大规模集成电路生产车间,当其相对湿度低于 30 ％时,容易产生静电而影响生产;一些粉尘大的车间,当湿度小而产生静电时,容易产生爆炸;纺织厂为了减少棉纱断头,车间要保持相当高的湿度(60 ％～75 ％);一些仓库(如存放烟草、茶叶和中药材等)在湿度过大时易发生变质或霉变现象。在农业上,先进的工厂式育苗、食用菌的培养与生产、水果及蔬菜的保鲜等都离不开湿度的检测与控制。

1)湿度

湿度是指物质中所含水蒸气的量,目前的湿敏传感器多数是测量气体中的水蒸气含量。通常用绝对湿度、相对湿度和露点(或露点湿度)来表示。

(1)绝对湿度

绝对湿度是指单位体积的气体中含水蒸气的质量,其表达式为:

$$H_d = \frac{m_V}{V} \tag{10.1}$$

式中:m_V 为待测气体中的水蒸气质量;V 为待测气体的总体积。

（2）相对湿度

相对湿度为待测气体中水蒸气分压与相同温度下水的饱和水气压的比值的百分数。这是一个无量纲量，其表达式为：

$$\varphi = \frac{P_v}{P_w} \times 100\%$$ (10.2)

式中：P_v 为某温度下待测气体的水蒸气分压；P_w 为与待测气体温度相同时水的饱和水气压。

（3）露点

在一定大气压下，将含水蒸气的空气冷却，当降到某温度时，空气中的水蒸气达到饱和状态，开始从气态变成液态而凝结成露珠，这种现象称为结露，此时的温度称为露点或露点温度。如果这一特定温度低于 0 ℃，水蒸气将凝结成霜，此时称其为霜点。通常对两者不予区分，统称为露点，其单位为℃。

2）湿敏元件的分类

湿敏元件是指对环境湿度具有响应或转换成相应可测信号的元件。湿敏传感器是由湿敏元件及转换电路组成的，具有把环境湿度转变为电信号的能力。

湿敏传感器种类很多。按输出量可分为电阻型、电容型和频率型等；按探测功能可分为绝对湿度型、相对湿度型和结露型等；按材料可为分陶瓷式、有机高分子式、半导体式和电解质式等。

陶瓷湿敏传感器的感湿机理目前尚无定论。国内外学者主要提出了质子型和电子型两类导电机理，但这两种机理有时并不能独立地解释一些传感器的感湿特性，在此不再深入探究。只要知道这类传感器利用其表面多孔性吸湿进行导电，从而改变元件的阻值就行了。这种湿敏元件随着外界湿度变化而使电阻值变化的特性便是用来制造湿敏传感器的依据。陶瓷湿敏传感器较成熟的产品有 $MgCr-TiO_2$、$ZnO-Cr_2O_3$、ZrO_2 厚膜型、Al_2O_3 薄膜型、$TiO_2-V_2O_2$ 薄膜型等品种。

有机高分子湿敏传感器常见的有高分子电阻式湿敏传感器、高分子电容式湿敏传感器和结露传感器等。

（1）高分子电阻式湿敏传感器

这种传感器的工作原理是由于水吸附在有极性基的高分子膜上，在低湿下，因吸附量少，不能产生电离子，所以电阻值较高。当相对湿度增加时，吸附量也增加，大量的吸附水就成为导电通道，高分子电解质的正负离子主要起到载流子作用，从而使高分子湿敏传感器的电阻值下降。利用这种原理制成的传感器称为高分子电阻式湿敏传感器。

（2）高分子电容式湿敏传感器

这种传感器是以高分子材料吸水后，元件的介电常数随环境的相对湿度的改变而变化，引起电容的变化，元件的介电常数是水与高分子材料的两种介电常数的总和。当含水量以水分子形式被吸附在高分子介质膜中时，由于高分子介质的介电常数远远小于水的介电常数，所以介质中水的成分对总介电常数的影响比较大，使元件对湿度有较好的敏感性能。高分子电容式湿敏传感器是在绝缘衬底上制作一对平板金属电极，然后在上面涂敷一层均匀的高分子感湿膜做电介质，在表层以镀膜的方法制作多孔浮置电极形成串联电容。

（3）结露传感器

这种传感器是利用了掺入碳粉的有机高分子材料吸湿后的膨胀现象。在高湿条件下，高分子材料的膨胀引起其中所含碳粉间距变化而产生电阻突变。利用这种现象可制成具有开关特性的湿敏传感器。

（4）半导体湿敏传感器

此类传感器品种很多，现以硅 MOS 型 Al_2O_3 湿敏传感器为例，说明其结构与工艺。传统的 Al_2O_3 湿敏传感器的缺点是气孔大小不一，分布不均匀，所以一致性较差，还存在着湿度大、易老化、性能漂移等缺点。硅 MOS 型 Al_2O_3 湿敏传感器是在单晶 Si 体上制成 MOS 晶体管，其栅极是用热氧化法生长厚度为 80 nm 的 SiO_2 膜，在此膜上用蒸发及阳极化方法制得多孔 Al_2O_3 膜，

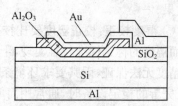

图 10.8　MOS 型 Al_2O_3 湿敏传感器结构

然后再镀上多孔金（Au）膜而制成。这种传感器具有响应速度快、化学稳定性好及耐高低温冲击等特点。其结构如图 10.8 所示。

3）湿敏传感器的选用

随着时代的发展，科研、农业、暖通、纺织、机房、航空航天、电力等工业部门，越来越需要采用湿敏传感器，对产品质量的要求也越来越高，对环境温度、湿度的控制以及对工业材料水分值的监测与分析都已成为比较普遍的技术条件之一。湿敏传感器及湿度测量属于 20 世纪 90 年代兴起的行业。如何使用好湿敏传感器，如何判断湿敏传感器的性能，这对一般用户来讲，仍是一件较为复杂的技术问题。

（1）湿敏传感器的分类及感湿特点

湿敏传感器分为电阻式和电容式两种，产品的基本形式都是在基片上涂覆感湿材料形成的感湿膜。空气中的水蒸气吸附于感湿材料后，元件的阻抗、介质常数发生很大的变化，从而制成湿敏元件。

国内外各厂家的湿敏传感器产品水平不一，质量价格都相差较大，用户如何选择性能价格比最优的理想产品确有一定难度，需要在这方面作深入的了解。

湿敏传感器具有如下特点：

① 精度和长期稳定性：湿敏传感器的精度应达到 ±2％～±5％RH（相对湿度），达不到这个水平很难作为计量器具使用，湿敏传感器要达到 ±2％～±3％RH 的精度是较困难的，通常产品资料中给出的特性是在常温（20 ℃±10 ℃）和洁净的气体中测量的。在实际使用中，由于尘土、油污及有害气体的影响，使用时间一长，就会产生老化，使精度下降，湿敏传感器的精度水平要结合其长期稳定性去判断，一般说来，长期稳定性和使用寿命是影响湿敏传感器质量的头等问题，年漂移量控制在 1％RH 水平的产品很少，一般都在 ±2％左右，甚至更高。

② 湿敏传感器的温度系数：湿敏元件除对环境湿度敏感外，对温度亦十分敏感，其温度系数一般在 0.2％～0.8％RH/℃范围内，而且有的湿敏元件在不同的相对湿度下，其温度系数又有差别。温漂呈非线性，这时需要在电路上加温度补偿，可采用单片机软件补偿，无温度补偿的湿敏传感器是保证不了全温范围的精度的，湿敏传感器温漂曲线的线性化直接影响到补偿的效果，非线性的温漂往往补偿不出较好的效果，只有采用硬件温度跟随性补偿才会获得真实的补偿效果。湿敏传感器工作的温度范围也是重要参数。多数湿敏元件难以在 40 ℃以上正常工作。

③ 湿敏传感器的供电：金属氧化物陶瓷、高分子聚合物和氯化锂等湿敏材料施加直流电压时，会导致其性能变化，甚至失效，所以这类湿敏传感器不能用直流电压或有直流成分的交

流电压,必须用交流电供电。

④ 互换性:目前,湿敏传感器普遍存在着互换性差的现象,同一型号的传感器不能互换,严重影响了使用效果,给维修、调试增加了困难,有些厂家在这方面做出了种种努力,取得了较好效果。

⑤ 湿度校正:校正湿度要比校正温度困难得多。温度标定往往用一标准温度计作标准即可,而湿度的标定标准较难实现,干湿球温度计和一些常见的指针式湿度计是不能用来作标定的,精度无法保证,因其要求环境条件非常严格,一般情况(最好在湿度环境适合的条件下),在缺乏完善的检定设备时,通常用简单的饱和盐溶液检定法,并测量其温度。

(2)初步判断湿敏传感器性能的方法

在湿敏传感器实际标定困难的情况下,可以通过一些简便的方法进行湿敏传感器性能判断与检查。

① 一致性判定。同一类型、同一厂家的湿敏传感器产品最好一次购买 2 支以上,越多越说明问题,放在一起通电比较检测输出值,在相对稳定的条件下,观察测试的一致性。若进一步检测,可在 24 h 内间隔一段时间记录。24 h 内一般都有高、中、低 3 种湿度和温度情况,可以较全面地观察产品的一致性和稳定性,包括温度补偿特性。

② 用嘴呵气或利用其他加湿手段对传感器加湿,观察其灵敏度、重复性、升湿脱湿性能,以及分辨率、产品的最高量程等。

③ 对产品作开盒和关盒两种情况的测试。比较是否一致,观察其热效应情况。

④ 对产品在高温状态和低温状态(根据说明书标准)进行测试,并恢复到正常状态下检测,与实验前的记录作比较,考查产品的温度适应性,并观察产品的一致性情况。

产品的性能最终要依据质检部门正规完备的检测手段。可以利用饱和盐溶液作标定,也可以使用名牌产品做对比检测,产品还应进行长期使用过程中的长期标定才能较全面地判断其质量。

(3)市场上常见的湿敏传感器产品

国内市场上出现了不少国内外湿敏传感器产品,电容式湿敏元件较为多见,感湿材料种类主要为高分子聚合物、氯化锂和金属氧化物。

电容式湿敏元件的优点在于响应速度快、体积小、线性度好、较稳定,国外有些产品还具备高温工作性能。但是达到上述性能的产品大多为国外名牌,价格都较昂贵。市场上出售的一些电容式湿敏元件产品,价格较低,往往达不到上述水平,线性度、一致性和重复性都不甚理想,30 %RH 以下和 80 %RH 以上感湿段变形严重。有些产品采用单片机补偿修正,使湿度出现“阶跃”性的跳跃,使精度降低,出现一致性差、线性差的缺点。无论高档次或低档次的电容式湿敏元件,长期稳定性都不理想,多数产品长期使用后漂移严重,湿敏电容值变化为 pF 级,1 %RH 的变化不足 0.5 pF,电容值的漂移改变往往引起误差,大多数电容式湿敏元件在 40 ℃以上温度下工作往往失效和损坏。

电容式湿敏元件抗腐蚀能力也较欠缺,往往对环境的洁净度要求较高。有的产品还存在光照失效、静电失效等现象。金属氧化物陶瓷湿敏电阻具有湿敏电容相同的优点,但尘埃环境下,如果陶瓷细孔被堵,元件就会失效,往往采用通电除尘的方法来处理,但效果不够理想,且在易燃易爆环境下不能使用。氧化铝感湿材料无法克服其表面结构“天然老化”的弱点,阻抗不稳定。金属氧化物陶瓷湿敏电阻也同样存在长期稳定性差的弱点。

氯化锂湿敏电阻最突出的优点是长期稳定性极强,通过严格的工艺制作,制成的仪表和传感器产品可以达到较高的精度,稳定性强,具备良好的线性度、精密度及一致性,是长期使用寿命的可靠保证。氯化锂湿敏元件的长期稳定性是其他感湿材料无法取代的。

总之,人们使用湿敏传感器的时间越长,认识就会越深入和全面。同时,也会对产品提出新的要求,这给产品带来了新的机遇,推动这项技术不断向新的高度发展。湿敏传感器产品将在应用领域发挥越来越重要的作用。

10.2 生物传感器及其应用

10.2.1 生物传感器的特点

1) 生物传感器及其分类

生物传感器是利用各种生物或生物物质做成的、用于检测与识别生物体内化学成分的传感器。生物或生物物质是指酶、微生物和抗体等,它们的高分子具有特殊的性能,能够精确地识别特定的原子和分子。例如酶是蛋白质形成的,并作为生物体的催化剂,在生物体内仅能对特定的反应进行催化,这就是酶的特殊性能。对免疫反应,抗体仅能识别抗原体,并具有与它形成复合体的特殊性能。生物传感器就是利用这种特殊性能来检测特定的化学物质(主要是生物物质)。

生物传感器一般是在基础传感器上再耦合一个生物敏感膜,也就是说生物传感器是半导体技术与生物工程技术的结合,是一种新型的器件。生物敏感物质附着于膜上或包含于膜之中,溶液中被测定的物质,经扩散作用进入生物敏感膜层,经分子识别,发生生物学反应,其所产生的信息可通过相应的化学或物理换能器转变成定量的和可显示的电信号,由此可知道被测物质的浓度。通过不同的感受器与换能器的组合可以开发出多种生物传感器。

2) 生物传感器的信号转换方式

将化学变化转换为电信号方式,用酶识别分子,先催化这种分子,使之发生特异反应,产生特定物质的增减,将这种反应产生的物质的增减转换为电信号。能完成此使命的器件有克拉克型氧电极、H_2O_2 电极、H_2 电极、H^+ 电极、NH_4 电极、CO_2 电极、离子选择性 FET 电极等。

(1) 热变化转换为电信号方式

固定在膜上的生物物质在进行分子识别时伴随着热变化,这种热变化可以转换为电信号进行识别,能完成这种使命的便是热敏电阻。

(2) 光变化转换为电信号方式

萤火虫的光是在常温下由酶催化产生的化学发光。最近发现有很多种可以催化产生化学发光的酶,可以在分子识别时导致发光,再转换为电信号。

(3) 直接诱导式电信号方式

分子识别处的变化如果是电的变化,则不需要电信号转换器件,但是必须有导出信号的电极。例如在金属或半导体的表面固定上抗体分子,用适当的参比电极测量它与这种金属或半导体间的电位差,则可发现反应前后的电位差是不同的。

3) 生物物质的固定化技术

生物传感器的关键技术之一是如何使生物敏感物质附着于膜上或包含于膜中,在技术上称为固定化。固定化大致分为化学法与物理法两种。

(1) 化学固定法

135

化学固定法是在感受体与载体之间或感受体相互之间至少形成一个共价键,能将感受体的活性高度稳定地固定。一般,这种架桥固定法是使用具有很多共价键原子团的试剂,在感受体之间形成"架桥"膜。在这种情况下除了感受体外,加上蛋白质和醋酸纤维素等作为增强材料,以形成相互之间的架桥膜。这种方法虽然简单,但必须严格控制其反应条件。

（2）物理固定法

物理固定法是感受体与载体之间或感受体相互之间,根据物理作用即吸附或包裹进行固定。吸附法是在离子交换脂膜、聚氯乙烯膜等表面上以物理吸附感受体的方法,此法能在不损害敏感物质活性的情况下固定,但固定程度容易减弱,一般常采用赛璐玢膜进行保护。

10.2.2　生物传感器的工作原理及结构

1）酶传感器

酶传感器的基本原理是利用电化学装置检测酶在催化反应中生成或消耗的物质（电极活性物质）,将其变换成电信号输出。这种信号变换通常有两种:电位法、电流法。

（1）电位法

它是通过不同离子生成在不同感觉体上,从测得的膜电位去计算与酶反应有关的各种离子的浓度。一般采用 NH_4^+ 电极（NH_3 电极）、H^+ 电极、CO_2 电极等。

（2）电流法

它是通过与酶反应有关的物质的电极反应,得到电流值来计算被测物质的方法。其电化学装置采用的电极是 O_2 电极、燃料电池型电极和 H_2O_2 电极等。

由此可见,酶传感器是由固定化酶和基础电极组成的。酶电极的设计主要考虑酶催化反应过程产生或消耗的电极活性物质,如果一个酶催化反应是耗氧过程,就可以使用 O_2 电极或 H_2O_2 电极;若酶反应过程产生酸,则可使用 pH 电极。

固定化酶传感器是由 Pt 阳极和 Ag 阴极组成的极谱记录式 H_2O_2 电极与固定化酶膜构成的。它是通过电化学装置测定由酶反应过程中生成或消耗的离子,由此通过电化学方法测定电极活性物质的数量,可以测定被测成分的浓度。如用尿酸酶传感器测量尿酸,尿酸是核酸中嘌呤分解代谢的最终产物,正常值为 $20 \sim 70$ mg/L,尿酸测定对于诊断风湿痛病十分有效,在氧存在下,尿酸经尿酸氧化成尿囊素、H_2O_2 和 CO_2。可采用尿酸酶氧电极测其 O_2 消耗量,也可采用电位法在 CO_2 电极上用羟乙基纤维素固定尿酸测定其生成物 CO_2,然后再换算出尿酸的浓度。

2）葡萄糖传感器

葡萄糖是典型的单糖类,是一切生物的能源。人体血液中都含有一定浓度的葡萄糖。正常人空腹血糖为 $800 \sim 1\,200$ mg/L,对糖尿病患者来说,如果血液中葡萄糖浓度升高 $0.17\,\%$ 左右,那么尿中就会出现葡萄糖。因此,测定血液和尿中的葡萄糖浓度对糖尿病患者的临床检查是很必要的。现已研究出对葡萄糖氧化反应起一种特异催化作用的酶——葡萄糖氧化酶（GOD）,并研究出用它来测定葡萄糖浓度的葡萄糖传感器,如图 10.9 所示。

葡萄糖在 GOD 参加下被氧化,在反应过程中所消耗的氧随葡萄糖量的变化而变化。在反应过程中有一定量的水参加时,其产物是葡萄糖酸和 H_2O_2,因为在电化学测试中反应电流与生成的 H_2O_2 浓度成比例,可换算成葡萄糖浓度。通常,对葡萄糖浓度的测试方法有两种。一种方法是测量氧的消耗量,即将 GOD 固定化膜与 O_2 电极组合。葡萄糖在酶电极参加下,反应生成 O_2,由隔离型 O_2 电极测定。这种 O_2 电极是将 Pb 阳极与 Pt 阴极浸入浓碱溶液中构成电池。阴极表面用氧穿透膜覆盖,溶液中的氧穿过膜到达 Pt 电极上,此时有被还原的阴极电流流过,其电流值与含氧浓度成比例。另一种方法是测量 H_2O_2 生成量。这种传感器是由测量 H_2O_2 电极与 GOD 固定化膜相结合而组成。葡萄糖和缓冲液中的氧与固定化 GOD 进行反应。反应槽内装满 pH 为 7.0 的磷酸缓冲液,用 Pt-Ag 构成的固体电极,用固定化 GOD 膜密封,在 Ag 阴极和 Pt 阳极间加上 0.64 V 的电压,缓冲液中有空气中的 O_2。在这种条件下,一旦在反应槽内注入血液,血液中的高分子物质,如抗坏血酸、胆红素、血红素及血细胞类被固定化膜除去,仅仅是血液中的葡萄糖和缓冲液中的 O_2 与固定化 GOD 进行反应,在反应槽内生成 H_2O_2,并不断扩散到达电极表面,在阳极生成 O_2 和反应电流;在阴极,O_2 被还原生成 H_2O_2。因此,在电极表面发生的全部反应是 H_2O_2 分解,生成 H_2O_2 和 O_2。这时有反应电流流过。因为反应电流与生成的 H_2O_2 浓度成比例,在实际测量中可换算成葡萄糖浓度。

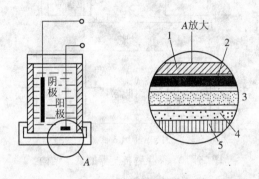

图 10.9　葡萄糖传感器
1—Pt 阳极；　2—聚四氟乙烯膜　3—固相敏膜；　4—半透膜多孔层；　5—半透膜致密层

　　GOD 的固定方法是共价键法,用电化学方法测量,其测定浓度范围在 $100\sim500$ mg/L,响应时间在 20 s 以内,稳定性可达 100 d。

　　在葡萄糖传感器的基础上又发展了蔗糖传感器和麦芽糖传感器。蔗糖传感器是把蔗糖酶和 GOD 这 2 种酶固定在清蛋白——戊二醛膜上。蔗糖由蔗糖酶的作用生成 $\alpha-D$-葡萄糖和果糖,再经变旋酶和 GOD 的作用消耗氧并生成 H_2O_2。

　　麦芽糖由葡萄糖淀粉酶或麦芽糖酶的作用生成 $\alpha-D$-葡萄糖,所以可用 GOD 和这些酶的复合膜构成麦芽糖传感器。

3）微生物传感器

　　微生物传感器与酶传感器相比,价格更便宜、使用时间长、稳定性更好。

　　酶主要从微生物中提取精制而成,虽然它有良好的催化作用,但它的缺点是不稳定,在提取阶段容易丧失活性,精制成本高。酶传感器和微生物传感器都是利用酶的基质选择性和催化性功能。但酶传感器是利用单一的酶,而微生物传感器是利用多种酶有关的高度机能的综合,即复合酶。也就是说,微生物的种类是非常多的,菌体中的复合酶、能量再生系统、辅助酶再生系统、微生物的呼吸新陈代谢为代表的全部生理机能都可以加以利用。因此,用微生物代替酶,有可能获得具有复杂及高功能的生物传感器。

　　微生物传感器是由固定微生物膜及电化学装置组成,如图 10.10 所示。微生物膜的固定化法与酶的固定方式相同。

　　由于微生物有好气(O_2)性与厌气(O_2)性之分(也称好氧反应与厌氧反应),所以传感器也根据这一物性而有所区别。好气性微生物传感器是因为好气性微生物生活在含氧条件下,在微生物生长过程中离不开 O_2，可根据呼吸活性控制 O_2 浓度得知其生理状态。把好气性微生物放在纤维蛋白质中固化处理，然后把固定化膜附着在封闭式 O_2 电极的透气膜上，做成好气性微生物传感器。如图 10.10(a)所示把它放入含有有机物的被测试液中，有机物向固定化膜内扩散而被微生物摄取（称为资化）。微生物在摄取有机物时呼吸旺盛，氧消耗量增加。余下部分氧传过透氧膜到达 O_2 电极转变为扩散电流。当有机物的固定化膜内扩散的氧量和微生物摄取有机物消耗量达到平衡时，到达 O_2 电极的氧量稳定下来，得到相应的状态电流值。该稳态电流值与有机物浓度有关，可对有机物进行定量测试。

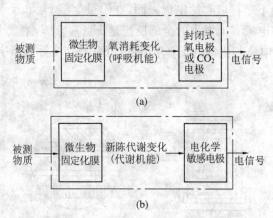

图 10.10　微生物传感器的基本结构

对于厌氧性微生物，由于 O_2 的存在妨碍微生物的生长，可由其生成的 CO_2 或代谢产物得知其生理状态。因此，可利用 CO_2 电极或离子选择电极测定代谢产物。

4）半导体多功能生物传感器

半导体生物传感器是由半导体传感器与生物分子功能膜、识别器件组成。通常用的半导体器件是酶光电二极管和酶场效应管（FET）。因此，半导体生物传感器又称生物场效应晶体管（BiFET）。最初是将酶和抗体物质（还原或抗体）加以固定制成功能膜，并把它紧贴于 FET 的栅极绝缘膜上，构成 BiFET，现已研制出酶 FET、尿素 FET、抗体 FET 及青霉素 FET 等。

5）多功能生物传感器

前面所介绍的生物传感器是为有选择地测量某一种化学物质而制作的元件。但是，用这种传感器均不能同时测量多种化学物质的混合物，而像产生味道这样复杂微量成分的混合物，人的味觉细胞就能分辨出来。因此，要求传感器能像细胞检测味道一样能分辨任何形式的多种成分的物质，同时测量多种化学物质，具有这样功能的传感器称为多功能传感器。

由生物学可知，在生物体内存在多种互相亲和的特殊物质，如果能巧妙地利用这种亲和性，测定出亲和性的变化量，就可能测量出预测物质的量，实现这种技术的前提是各亲和物质的固定化方法。例如，把对被测物有敏锐特性的酶，用物理或化学的方法将天然或合成蛋白质、抗原、抗体、微生物、植物及动物组织、细胞器（线粒体、叶绿体）等固定在某载体上作为识别元件。

用固定化酶膜和电化学器件组成的酶电极，常把这种酶电极称为第一代产品。其后开发的微生物、细胞器、免疫（抗体、抗原）、动植物组织及酶免疫（酶标抗原）等生物传感器称为第二代产品。目前又进一步按电子学方法理论进行生物电子学的种种尝试，这种新进展的产品称为第三代产品。

10.2.3　生物传感器的应用领域

生物传感器在发酵工艺、环境监测、食品工程、临床医学、军事及军事医学等方面得到了高度重视和广泛应用。生物传感器主要是以研制酶电极制作的生物传感器为主,但是由于酶的价格昂贵并且不够稳定,因此以酶作为敏感材料的传感器,其应用受到一定的限制。近些年来,微生物固定化技术的不断发展,产生了微生物电极。微生物电极以微生物活体作为分子识别元件,与酶电极相比有其独到之处。它可以克服价格昂贵、提取困难及不稳定等弱点。此外,还可以同时利用微生物体内的辅酶处理复杂反应。而目前,光纤生物传感器的应用也越来越广泛。而且随着聚合酶链式反应技术(PCR)的发展,应用 PCR 的 DNA 生物传感器也越来越多。

1) 发酵工业

各种生物传感器中,微生物传感器最适合发酵工业的测定。因为发酵过程中常存在对酶的干扰物质,并且发酵液往往不是清澈透明的,不适用光谱等方法测定。而应用微生物传感器则极有可能消除干扰,并且不受发酵液混浊程度的限制。同时,由于发酵工业是大规模的生产,微生物传感器其成本低、设备简单的特点使其具有极大的优势。

(1) 原材料及代谢产物的测定

微生物传感器可用于原材料例如糖蜜、乙酸等的测定,以及代谢产物例如头孢霉素、谷氨酸、甲酸、甲烷、醇类、青霉素、乳酸等的测定。测量的原理基本上都是用适合的微生物电极与氧电极组成,利用微生物的同化作用耗氧,通过测量氧电极电流的变化量来测量氧气的减少量,从而达到测量被测物浓度的目的。在各种原材料中,葡萄糖的测定对过程控制尤其重要,用荧光假单细胞代谢消耗葡萄糖的作用,通过氧电极进行检测,可以估计葡萄糖的浓度。这种微生物电极和葡萄糖酶电极相比,测定结果是类似的,而微生物电极灵敏度高,重复实用性好,而且不必使用昂贵的葡萄糖酶。当乙酸用作碳源进行微生物培养时,乙酸浓度高于某一浓度时就会抑制微生物的生长,因此需要在线测定。用固定化酵母、透气膜和氧电极组成的微生物传感器可以测定乙酸的浓度。此外,还有用大肠杆菌组合二氧化碳气敏电极,可以构成测定谷氨酸的微生物传感器,将柠檬酸杆菌完整细胞固定化在胶原蛋白膜内,由细菌－胶原蛋白膜反应器和组合式玻璃电极构成的微生物传感器可应用于发酵液中头孢酶素的测定等。

(2) 微生物细胞总数的测定

在发酵控制方面,一直需要直接测定细胞数目的简单而连续的方法。人们发现在阳极表面,细菌可以直接被氧化并产生电流。这种电化学系统已应用于细胞数目的测定,其结果与传统的菌斑计数法测定细胞数是相同的。

③ 代谢试验的鉴定

传统的微生物代谢类型的鉴定都是根据微生物在某种培养基上的生长情况进行的。这些实验方法需要较长的培养时间和专门的技术。微生物对被测物的同化作用可以通过其呼吸活性进行测定。用氧电极可以直接测量微生物的呼吸活性。因此,可以用微生物传感器来测定微生物的代谢特征。这种方法常用于微生物的简单鉴定、微生物培养基的选择、微生物酶活性的测定、废水中可被生物降解的物质估计、用于废水处理的微生物选择、活性污泥的同化作用试验、生物降解物的确定、微生物的保存方法选择等。

2) 环境监测

(1) 生化需氧量的测定

生化需氧量的测定是监测水体被有机物污染状况的最常用指标。常规的 BOD 测定需要

5 d 的培养期，操作复杂、重复性差、耗时耗力、干扰性大，不宜现场监测，所以迫切需要一种操作简单、快速准确、自动化程度高、适用范围广的新方法来测定。目前，有研究人员分离了两种新的酵母菌种 SPT$_1$ 和 SPT$_2$，并将其固定在玻璃碳极上以构成微生物传感器，它用于测量 BOD，其重复性在 ±10 % 以内。将该传感器用于测量纸浆厂污水中的 BOD，其测量最小值可达 2 mg/L，所用时间为 5 min。还有一种新的微生物传感器，用耐高渗透压的酵母菌种作为敏感材料，在高渗透压下可以正常工作。并且其菌株可长期干燥保存，浸泡后即恢复活性，为海水中 BOD 的测定提供了快捷简便的方法。

除了微生物传感器，还有一种光纤生物传感器用于测定河水中较低的 BOD 值。该传感器的反应时间是 15 min，最适工作条件为 30 ℃、pH＝7。这个传感器系统几乎不受氯离子的影响（在 1 000 mg/L 范围内），并且不被重金属（如 Fe^{3+}、Cu^{2+}、Mn^{2+}、Cr^{3+}、Zn^{2+}）所影响。

还有一种将 BOD 生物传感器经过光处理（即以 TiO$_2$ 作为半导体，用 6 W 灯照射约 4 min）后，灵敏度大大提高，很适用于河水中较低 BOD 的测量。同时，一种紧凑的光学生物传感器已经用于同时测量多重样品的 BOD 值。它使用 3 对发光二极管和硅光电二极管，假单胞细菌用光致交联的树脂固定在反应器的底层，该测量方法既迅速又简便，在 4 ℃下可使用 6 星期。现已用于工厂废水处理的过程中。

（2）各种污染物的测定

常用的重要污染指标有氨、亚硝酸盐、硫化物、磷酸盐、致癌物质与致变物质、重金属离子、酚类化合物、表面活性剂等物质的浓度。测量氨和硝酸盐的微生物传感器，都是用从废水处理装置中分离出来的硝化细菌和氧电极组合构成。目前有一种微生物传感器可以在黑暗和有光的条件下测量硝酸盐和亚硝酸盐，在盐环境下测量时可以不受其他种类的氮的氧化物的影响。

硫化物的测定是用从硫铁矿附近酸性土壤中分离筛选得到的专性、自养、好氧性氧化硫硫杆菌制成的微生物传感器。在 pH＝2.5、温度为 31 ℃时，1 星期测量 200 余次，活性保持不变，2 星期后活性降低 20 %。传感器寿命为 7 d，其设备简单，成本低，操作方便。目前还有用一种光微生物电极测量硫化物浓度，所用细菌是 Ahromatium，SP 与氢电极连接构成。

水体中酚类和表面活性剂的浓度测定已经有了很大的发展。目前，有 9 种革兰阴性细菌从西伯利亚石油盆地的土壤中分离出来，以酚作为惟一的碳源和能源。这些菌种可以提高生物传感器的感受器部分的灵敏度。它对酚的监测极限为 5×10^{-9} mol。该传感器工作的最适条件为 pH＝7.4、35 ℃，连续工作时间为 30 h。还有一种假单胞菌属制成的测量表面活性剂浓度的电流型生物传感器，将微生物细胞固定在凝胶（琼脂、琼脂糖和海藻酸钙盐）和聚乙醇膜上，可以用层析试纸 GF/A，或者是谷氨酸醛引起的微生物细胞在凝胶中的交联，长距离地保持它们在高浓度表面活性剂检测中的活性和生长力。该传感器能在测量结束后很快地恢复敏感元件的活性。

还有一种电流式生物传感器，用于测定有机磷杀虫剂，使用的是人造酶。利用有机磷杀虫剂水解酶，对硝基酚和二乙基酚的测量极限为 100×10^{-9} mol，在 40 ℃ 只要 4 min。还有一种新发展起来的磷酸盐生物传感器，使用丙酮酸氧化酶 G，与自动系统 CL-FIA 台式计算机结合，可以检测 $(32 \sim 96) \times 10^{-9}$ mol 的磷酸盐，在 25 ℃ 下可以使用 2 星期以上，重复性高。

最近，有一种新型的微生物传感器，用细菌细胞作为生物组成部分，测定地表水中壬基酚的浓度。用一个电流型氧电极作传感器，微生物细胞固定在氧电极的透析膜上，其测量原理是测量毛孢子菌属细胞的呼吸活性。该生物传感器的反应时间为 15～20 min，寿命为 7～10 d（用于连续测定时）。在浓度范围在 0.5～6.0 mg/L 内，电信号与壬基酚浓度呈线性关系，很适合于污染的地表水中分子表面活性剂的检测。

除此之外,污水中重金属离子浓度的测定也是不容忽视的。目前已经成功地设计了一个完整的、基于固定化微生物和生物体发光测量技术的重金属离子生物有效性测定的监测和分析系统。将弧菌属细菌体内的一个操纵子在一个铜诱导启动子的控制下导入产碱杆菌属细菌中,细菌在铜离子的诱导下发光,发光程度与离子浓度成正比。将微生物和光纤一起包埋在聚合物基质中,可以获得灵敏度高、选择性好、测量范围广、储藏稳定性强的生物传感器。目前,这种微生物传感器可以达到最低测量浓度为 1×10^{-9} mol。

还有一种专门测量铜离子的电流型微生物传感器。它用酒酿酵母重组菌株作为生物元件,这些菌株带有酒酿酵母基因上的铜离子诱导启动子与大肠杆菌基因的融合体。其工作原理如下:首先是酒酿酵母启动子被 Cu^{2+} 诱导,随后乳糖被用作被测物而进行测量。如果 Cu^{2+} 存在于溶液中,这些重组体细菌就可以利用乳糖作为碳源,这将导致这些好氧细胞需氧量的改变。目前已经将各类金属离子诱导启动子转入大肠杆菌中,使得大肠杆菌会在含有各种金属离子的溶液中发生发光反应。根据它发光的强度可以测定重金属离子的浓度,其测量范围可以从纳摩尔到微摩尔,所需时间为 60~100 min。

用于测量污水中锌浓度的生物传感器也已经研制成功,使用嗜碱性细菌,并用于对污水中锌的浓度和生物有效性进行测量,其结果令人满意。

估测河口出水流污染情况的海藻传感器是由一种螺旋藻属蓝细菌和一个气敏电极构成的。通过监测光合作用被抑制的程度来估测由于环境污染物的存在而引起水的毒性变化。以标准天然水为介质,对 3 种主要污染物(重金属、除草剂、氨基甲酸盐杀虫剂)的不同浓度进行了测定,均可监测到它们的有毒反应,重复性和再生性都很高。

由于聚合酶链式反应技术(PCR)的迅猛发展及其在环境监测方面的广泛应用,不少科学家开始着手于将它与生物传感器技术结合应用。有一种应用 PCR 技术的脱氧核糖核酸(DNA)压电生物传感器,可以测定一种特殊的细菌毒素。将生物素酰化的探针固定在装有链酶抗生素铂金表面的石英晶体上,用 1×10^{-6} mol 的盐酸可以使循环式测量在同一晶体表面进行。用细菌中提取的 DNA 样品进行同样的杂交反应并由 PCR 放大,产物为气单胞菌属的一种特殊基因片断。这种压电生物传感器可以鉴别样品中是否含有这种基因,这为从水样中检测是否含有这种病原的各种气单胞菌提供了可能。

还有一种通道生物传感器可以检测浮游植物和水母等生物体产生的腰鞭毛虫神经毒素等毒性物质,目前已经能够测量在一个浮游生物细胞内含有的极微量的 PSP 毒素。DNA 传感器也在迅速地得到应用,目前有一种小型化 DNA 生物传感器,能将 DNA 识别信号转换为电信号,用于测量水样中隐孢子和其他水源中的传染体。

10.2.4 生物传感器的应用实例

近年来,生物传感器发展很快,已逐渐应用于食品工业、环境检测和临床医学等领域。免疫传感器作为一种新兴的生物传感器,以其鉴定物的高度特异性、敏感性和稳定性受到青睐,它的问世使传统的免疫分析发生了很大的变化。它将传统的免疫测试和生物传感技术融为一体,集两者的诸多优点于一身,不仅减少了分析时间、提高了灵敏度和测试精度,也使得测定过程变得简单,易于实现自动化,有着广阔的应用前景。

随着生物工程技术的发展,目前已经研制出能对各种微生物、细胞表面抗原或各种蛋白质抗原分泌单克隆抗体的融合细胞,由这些细胞产生的单克隆抗体,已广泛进入生物学及其他领域。随着杂交技术的发展,使得各种化合物都可能产生相应的抗体。这将会使免疫测试有更加广泛的应用前景。

1) 免疫传感器的原理

一旦有病原体或者其他异种蛋白(抗原)侵入某种动物体内,体内即可产生能识别这些异物并把它们从体内排除的抗体。抗原和抗体结合即发生免疫反应,其特异性很高,即具有极高的选择性和灵敏度。免疫传感器就是利用抗原(抗体)对抗体(抗原)的识别功能而研制成的生物传感器,它具有如下优点:

(1) 提高了灵敏度,降低了检测下限。

(2) 减少分析时间。

(3) 简化分析过程。

(4) 设备小型化。

(5) 测量过程自动化。

光学免疫传感器可以高灵敏地检测免疫反应,并进行精细免疫化学分析。其中发展最迅速的是光纤免疫传感器,它除了灵敏度高、尺寸小、制作使用方便以外,还在于检测中不受外界电磁场的干扰。光纤免疫传感器有着非常好的应用前景。

根据标记与否,光学免疫传感器可分为无标记和有标记两种类型。无标记的光学免疫传感器有表面等离子体共振免疫传感器、光栅生物传感器、法布里-波罗脱生物传感器等。有标记的光学免疫传感器有夹层光纤传感器、位移光纤传感器等。

有标记的光学免疫传感器中使用的标记有放射性同位素、酶、荧光物质等。无标记的光学免疫传感器不用任何标记物,一般利用光学技术直接检测传感器表面的光线吸收、荧光、光纤散射或折射率的微小变化。无标记型比有标记型光学传感器所需的测试仪器更为简单,而且没有毒副作用,适合做动物的体内测试。

2) 光学免疫传感器的构造

使用光敏元件作为信息转换器,利用光学原理工作的光学免疫传感器是免疫传感器家族的一个重要成员。光敏器件有光纤、波导材料、光栅等。生物识别分子被固化在传感器上,通过与光学器件的光的相互作用,产生变化的光学信号,通过检测变化的光学信号来检测免疫反应。下面将介绍把免疫测定和光学测量有机结合起来的几种有代表性的传感器的构造。

(1) 夹层光纤传感器

如图 10.11 所示,将末端涂有试剂(如抗原)的光纤浸入溶液中来检测溶液中是否存在与试剂互补的物质(抗体);若溶液中的确存在抗体,则会和抗原结合。将结合了抗体的光纤浸入含有被荧光标记的抗原溶液里,带有荧光指示剂的抗原会和抗体结合。在光纤的另一端加上光源,将返回一个荧光信号。待测试抗体浓度越高,就有更多的荧光标记抗原与其结合,返回的荧光信号越强。

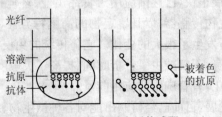

图 10.11　夹层光纤传感器

(2) 位移光纤传感器

如图 10.12 所示,光纤末端涂有试剂(如抗原),带有荧光标记的试剂(抗原)被密封在有透析能力的薄膜内。抗体与透析膜内被标记的抗体互补,因此抗原和抗体有结合倾向。将这套装置浸入样本溶液中,若溶液内也含有与抗原互补的抗体,该抗体就有与带有荧光标记的抗体竞争、与光纤末端抗原结合的倾向。此时在光纤的另一端加上光源,将返回一个荧光信号。样本在溶液内待测抗体的深度越高,返回的荧光信号就会越弱。所以,待测抗体的深度与返回的荧光信号强度成正比。

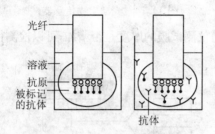

图 10.12　位移光纤传感器

(3) 表面等离子体共振(SPR)传感器

如图 10.13 所示,该传感器包括一个镀有薄金属镀层的棱镜,其中金属层成为棱镜和绝缘体之间的界面。一束横向的磁化单向偏振光入射到棱镜的一个面上,被金属层反射,到达棱镜的另一面。反射光束的强度可以测量出来,用来计算入射光束的入射角的大小。反射光的强度在某一个特殊的入射角度突然下降,就在这个角度,入射光的能量与由金属-绝缘体交接面激励产生的表面等离子体共振(SPR)相匹配。将一层薄膜(如生物膜)沉淀在金属层上,绝缘物质的折射系数会发生改变。折射系数依赖于绝缘物质和沉淀膜的厚度及密度的大小。只要测试入射角的值,沉淀膜的厚度和密度就可以推导出来。

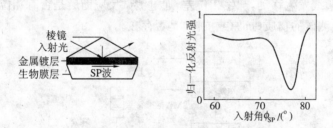

图 10.13　表面等离子体共振(SPR)传感器

(4) 光栅生物传感器

如图 10.14 所示,一束入射激光束进入平面波导的一端。平面波导包括一层非常薄的高折射率膜(如生物膜)以及玻璃载体。薄膜表面上放置一光栅,该光栅使激光以一定的出射角射出平面波导,出射角的大小与激光导向模式的有效折射率有关。在光栅上涂一层试剂,将盛有样本溶液的容器置于光栅上,如果样本中的物质与试剂发生反应,则有效折射率就会改变,从而改变出射角。出射光束角度的变化与试剂和待测物质反应生成的薄膜厚度有关。

(5) 法布里 - 波罗脱生物传感器

如图 10.15 所示,在玻璃载体上覆盖一层聚苯乙烯膜,分叉多股光纤一端连到基底上,另一端分别与光谱仪和白光光源相连。先让试剂(如抗原)溶液流过流动槽,膜上就附着了一层抗原。再让样本溶液流过流动槽。如果样本溶液内含有与该抗原互补的抗体,那么它们就会结合,槽内

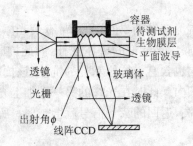

图 10.14　光栅生物传感器

膜的厚度就会增加。利用光谱仪测试膜的厚度是否增加,可以检测待测物质是否存在。

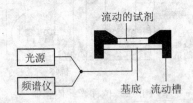

图 10.15　法布里-波罗脱生物传感器

（6）直接感应免疫生物传感器

如图 10.16 所示,直接感应免疫生物传感器是生物传感器的一个新的发展趋势。该检测系统由白光光源、"Y"型光纤、光纤连接器、光纤探针、分光光度计、计算机等组成。一次性光纤探针和"Y"型光纤之间由透镜耦合。由钨卤素灯提供的宽带光源,经过耦合进入"Y"型光纤,向前直通到光纤耦合器,进入光纤探针。在探针末端发生反射,有一部分光被光纤截面反射回来,进入分光光度计。通过对入射光在薄膜上下表面所产生的两束反射光束的干涉谱的测量,测算薄膜上下界面反射之间的光程差,从而计算得到所测膜的厚度。当抗原和抗体发生反应后,干涉频谱谱线发生移动,产生相位差,通过测试反应前后是否有相位差存在,可以判断检测样本溶液中待测试的物质(抗原或抗体)是否存在。

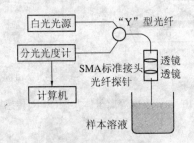

图 10.16　直接感应免疫生物传感器

3）免疫传感器的应用

（1）检测食品中的毒素和细菌

食品在产前、运输、加工和销售等环节都有可能被污染,而且毒性大,很多有致畸、致癌的作用。为了防止毒素超标的食品和饲料进入食物链,加强对其的检测是非常重要的。伏马菌素是一种真菌毒素,与人畜的多种疾病有关。其中伏马菌 B_1（FB_1）是天然污染玉米样品、饲料的主要伏马菌素组分。抗 FB_1 的多克隆抗体被吸附到一结合在 SPR 免疫传感器装置中玻璃的棱镜的金属膜上,二极管发射的光束通过棱镜聚焦到金属膜表面以激发 SPR。当加入样品,反射光灵敏度改变,改变的角度与 FB_1 的浓度成比例。

葡萄球肠毒素(SEB)是人类经常发生食物中毒的主要原因,是食品污染的病原体。缓冲液、人体血清、火腿中的 SEB 可以通过一轻便的光纤免疫传感器来测定。亲和纯化的免抗SEB(一抗)捕获抗体共价结合到光纤上以结合 SEB。然后用结合上 Cy_5 标记的亲和纯化羊抗SEB(二抗)检测抗体,从而在光纤表面形成荧光复合物。检测荧光强度可以知道 SEB 的浓度。还可以用光纤免疫传感器检测黄曲霉素、肉毒毒素、金黄色葡萄球菌等。

（2）检测 DNA

光纤免疫传感器可以用来进行 DNA 分子的识别、测序。其原理是将有反应性的一单股核苷酸(长度在 18～50 个碱基之间)固定在某种支持物(传感器)上作为探针,可以在复杂环境成分下特异地识别出某一靶子待测物,并通过换能装置转换成可以检测到的光电信号。检测的方法有荧光型和 SPR 型传感器。荧光检测法是在 DNA 探针中或待测靶基因中标上荧光标记物,也可在 DNA 杂交后加入荧光标记物。通过测定荧光标记嵌入 DNA 双螺旋间所导致的荧光信号的变化,检测 DNA。Krull 等人以共价固定在石英表面的 DNA 探针与溶液中其靶基因杂交 45 min 后,与荧光嵌入染料溴乙啶(EB)反应,根据荧光强度与溶液中互补 DNA 的量的正比关系进行分析,可检测出 86 $\mu g/L$ 的 DNA。以花青二聚体 YOYO 及 picogreen 作为与 DNA 双链紧密亲和的荧光嵌入剂,由于与 DNA 杂交体间的双嵌入作用,使得完全配对、单碱基错配及两个以上不匹配所产生的荧光信号有明显不同,从而能够明显区分不同 DNA 序列,还可以用 SPR 传感器检测 DNA 序列。

（3）检测残留的农药

随着生活水平的提高,对粮食、肉制品残留农药限量的要求也越来越高。传统的薄层层析法和气相色谱已过时。ELISE 方法虽然简单但费时。免疫传感器灵敏度高、检测时间短,正好显示其优点。磺胺作为兽医用药可进入动物食品,对人体健康不利。Ase 等人用 SPR 免疫传感器快速测定了脱脂牛奶和生牛奶中的硫胺二甲嘧啶残留物,检测精度低于 1 $\mu g /mL$。

（4）在疾病检测中的应用

糖尿病是影响人类健康的常见内分泌代谢病,发病率为 0.609%,肾脏并发症是导致糖尿病病人死亡的重要原因。检测尿中白蛋白的浓度是早期诊断糖尿病、肾病的重要指标。目前临床中使用的双缩脲比色法和磺基水杨酸沉淀法,灵敏度低、准确性差,已经过时。目前已研制出 SPR 白蛋白免疫传感器。以 A 蛋白吸附于传感器的金属表面作为基底,测定了白蛋白抗体在 A 蛋白表面的分子自组装程序和速率。通过检测共振波长来检测白蛋白的浓度。白蛋白抗原的检测下限为 0.2 mg/mL。肝炎是危害人类健康的疾病。鄂茂怀等人利用 SRR 光学免疫传感器进行检测甲肝表面抗体的研究。利用 SPR 传感器实时测量出血清培育后的回旋体抗体和夹层体之间的键结合,从而检测甲肝。

（5）毒品和滥用药物的检测

在吸毒人员的戒毒治疗和以后的监测中对毒品的检测,以及对麻醉和精神药物的检测,大多通过对生物体液,如血液、尿液,甚至头发中的代谢物进行。由于药物浓度及样本量常常很少,所以要求检测仪器具有很高的灵敏度、精度和可靠性。光学免疫传感器正符合这样的要求。常用的有酶免疫光学测试和荧光免疫光学测试。利用荧光免疫分析的商品试剂盒已经广泛用于吗啡和可卡因的检测。此外,光学免疫传感器还可用在其他的一些领域,如在法医学中鉴定微量血痕中使用了荧光免疫分析法,可以测量 20 万倍稀释的血痕样本。在环境测量方面光学免疫传感器也得到广泛的使用。

10.3 磁敏传感器及其应用

利用某些元件对磁敏感的特性,可以测量如转速、流量、角位移、长度、重量等许多物理量;利用它的记忆特性还可以检测磁性图形、信用卡、磁卡等,目前,广泛应用于信息记录系统中。常见的磁敏传感器主要有磁敏电阻、磁敏二极管和磁敏三极管。

10.3.1 磁敏电阻

当外加磁场增加时,电阻的阻值也随之增加的现象称作磁阻效应,利用这种效应制成的元件称为磁敏电阻。金属和半导体材料都有磁阻效应,但半导体材料的磁阻效应显著,故目前生产的磁敏电阻都是用半导体材料制成。现在市场出售的磁敏电阻主要采用迁移率高的锑化铟制成。因为它在磁感应强度为0.3 T的磁场中,其阻值为无磁场时的3倍,远远大于其他半导体材料的电阻变化率。磁敏电阻的阻值一般为100 Ω到几千欧,工作电压一般在12 V以下。由于它是半导体材料,因此,使用时要考虑它的灵敏度、磁场与电阻特性和温度特性。下面以实例说明磁敏电阻的特性参数。

(1) MR214A/223A(日本电气)

MR214A/223A的外形及等效电路如图10.17所示,其性能参数列于表10.2。它是由强磁性薄膜组成,工作在磁性饱和区,用于汽车、测量仪器上,可检测旋转、角度、位置等参数。

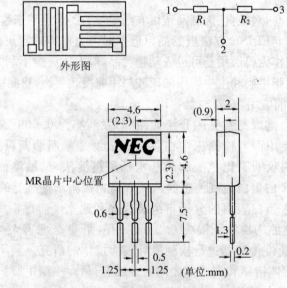

图 10.17　MR214A/223A 的外形及等效电路

表 10.2　MR214A/223A 磁敏电阻特性参数

参　　数	MR214A	MR223A	条　　件
电阻值/kΩ	10×2	2×2	
初始偏差/%	±25	±25	
相对偏差/%	±3	±3	

参　数	MR214A	MR223A	条　　件
电阻变化率/%	2 以上	2 以上	磁场强度在 2 400 A/m 以上
温度参数/ （×10⁻⁶·℃⁻¹）	（＋3 000±500）	（＋3 000±500）	
温度范围/℃	－20～＋70	－20～＋70	
工作电压/V	12 以下	12 以下	

（2）DM106B（索尼）

DM106B 是在硅基板上附着强磁性材料，其外形及等效电路如图 10.18 所示。当 $V_{cc}=5$ V时，输出可达 80 mV，功耗为 11 mW，其参数如表 10.3 所示。

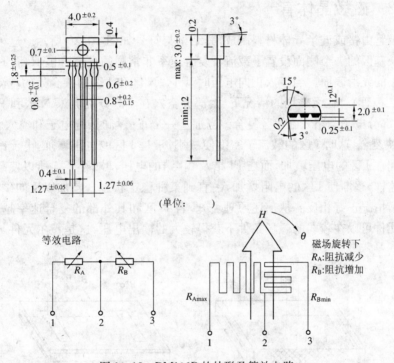

图 10.18　DM106B 的外形及等效电路

图 10.19 为周围温度 t_a 与输出电压 U_o、全阻抗 R_T 的关系曲线图。

表 10.3　DM106B 磁敏电阻特性参数表

参　数	符　号	条　　件	最小值	典型值	最大值	单　位
全阻抗	R_T	$V_{CC}=5$ V, $H=8\,000$ A/m	1.4	2.3	3.7	kΩ
中点电压	U_C	$V_{CC}=5$ V, $H=8\,000$ A/m	2.45	2.5	2.55	V
输出电压	U_o	$V_{CC}=5$ V, $H=8\,000$ A/m	60	80		V
动作温度	t_{OP}	－40 ℃ ～＋100 ℃	－40		＋100	℃
工作电压	V_{CC}	$t_a=25$ ℃			10*	V

* 建议用 10 V 以下电压

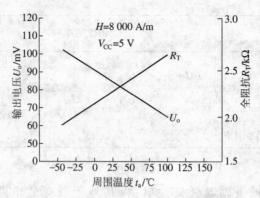

图 10.19 t_a 与 U_o、R_t 的关系曲线

10.3.2 磁敏晶体管

磁敏二极管由锗或硅半导体材料制成,其结构与符号如图 10.20 所示。这种磁敏二极管的特点是在长基区的一个侧面设置了载流子复合速率非常高的高复合区 R,而 R 区对面则是复合速率很小的光滑表面。当接入正向电压时,P 区、N 区和 I 区的接合处的载流子双重注入 I 区(双注入二极管)。在无磁场的情况下,大部分空穴在 I 区分别流入 N 区和 P 区而产生电流,仅有一小部分电子与空穴在 I 区复合。当加上一个正磁场时,则电子和空穴均偏向 R 区,并在 R 区很快复合,这时 I 区的载流子密度便减小,于是 I 区的电阻增加,电流减小。结果是外部电压分配在 I 区的电压增加,而在 PI 结及 NI 结的电压却减小了。所以使载流子的注入效率降低。这样,逐渐使 I 区的电阻增加,一直到某种稳定状态。若加以反向磁场,则电阻减小,电流增加,情况正好相反。从上述原理可知,若 R 区和其外部的复合速率越大,则灵敏度越高。这种元件可以在较弱的磁场条件下获得较大的输出电压,这是霍尔元件与磁敏电阻所不及的。

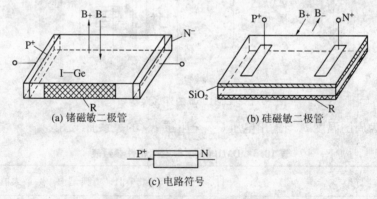

(a) 锗磁敏二极管   (b) 硅磁敏二极管

(c) 电路符号

图 10.20 磁敏二极管结构及符号

若在该元件上加反向电压(P 端为负),则仅有微小的电流流过,并且几乎与磁场无关。因此该元件仅能在正向电压下工作。

磁敏二极管的磁灵敏度可达 10 000 (mA/T),而且磁感应强度在 0.1 T 以下,其输出为线性。它不但能检测磁场的大小,并能测出磁场方向,测试电路简单,可以制成掌上小量程高斯计、漏磁测量仪、磁力探伤仪及磁力探矿仪器、仪表等。另外,它还可制成机床的接近开关、电子计算机键盘等无触点开关。

磁敏三极管与磁敏二极管原理相同,灵敏度高于磁敏二极管。

10.3.3 磁敏传感器的应用

由于磁敏传感器对磁敏感,因此均可用于转速、磁性产品计数和角位移的测量。这里介绍图形的识别。

采用图形识别传感器能检测纸片、纸币等上面的磁性图形或记号,输出相对应于图形的信号波形。由于磁性图形印刷在纸片上,所以检测信号十分微弱,需要经过放大电路放大,由示波器或记录器将波形显示出来。

图形识别传感器与一般磁阻传感器相比,它的输出电压与间隙特性较为平坦。另外,它的工作是接触式的,所以要求有较好的耐磨性。由于输出信号较小,所以要求信噪比高,频率依存性小。它主要应用于纸币兑换机及金融机器中,用于识别纸币的真伪。

图形识别传感器的放大电路如图 10.21 所示。由于传感器的输出信号较小,故采用交流放大电路。由稳压集成电路 7805 输出 5 V 电压供给传感器,传感器输出经 C_1 耦合输入运算放大器。其截止频率取决于 R_1C_1 及 R_2C_2。放大器的增益为 60 dB。

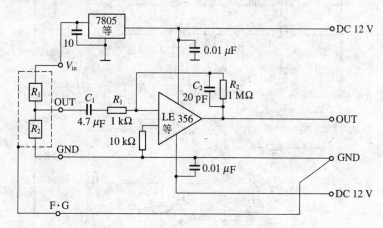

图 10.21　图形识别传感器的放大电路

图 10.22 所示为一种磁性油墨检测电路,如果检测有磁性油墨印刷的标记时,则其输出信号可以由 LED 显示或采用蜂鸣器报警。

传感器输出的信号首先经二级运算放大器放大。由于采用单电源供电,放大器的同相输入端接在 10 kΩ 与 5.1 kΩ 电阻的分压点上(约为 4 V)。二级放大器的增益可用 VR_1 来调整,其增益约为 90 dB。由于增益较大,所以放大器输出端的噪声输出峰峰值约为 2 V。

无信号时,放大器的输出电压约为 4 V,所以比较器的阈值电平设在 7.2 V,而 U_{TH} 为 5 V。当未检测到磁性油墨信号时,比较器 311 的输出为低电平;当检测到磁性油墨信号时,比较器翻转,比较器由低电平变成高电平,由 4528 组成的单稳态电路被触发,其 Q 端输出正脉冲,使三极管 2SC945 组成的达林顿管导通,LED 亮,同时蜂鸣器发声,表示检测到磁性油墨。

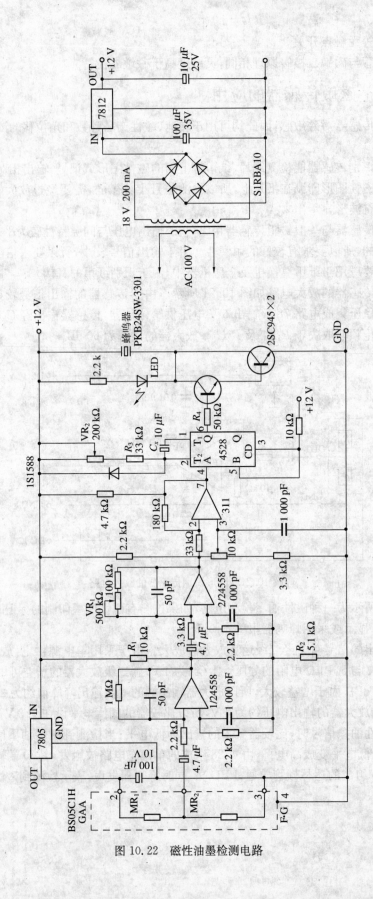

图 10.22　磁性油墨检测电路

本章小结

本章介绍了目前广泛使用的新型传感器——生物传感器,系统地介绍了生物传感器的原理以及使用。随着科学技术的不断发展,新型传感器将层出不穷。传感器技术与微机技术的结合,使智能传感器的发展前景更为广阔,传感器技术在信息时代中的地位越来越重要,可以预见,传感器的种类将迅速增加,人类认识自然和改造自然将离不开传感器。

习题 10

（1）生物传感器的信号转换方式有哪几种？
（2）简述生物传感器的种类。
（3）磁敏传感器有哪几种？
（4）霍尔传感器是否属于磁敏传感器？为什么？
（5）磁敏传感器能够测量哪些物理量？

参 考 文 献

1. 梁森,黄杭美,阮智利. 自动检测与转换技术. 第 2 版. 北京:机械工业出版社,1999
2. 郝芸. 传感器原理与应用. 北京:电子工业出版社,2002
3. 刘学军. 检测与转换技术. 北京:机械工业出版社,1995
4. 薛文达,谢文和,张呈祥. 传感器应用技术. 南京:东南大学出版社,1998
5. 沈聿农主编. 传感器及应用技术. 北京:化学工业出版社,2002
6. 曲波,肖圣兵,吕建平编著. 工业常用传感器选型指南. 北京:清华大学出版社,2002
7. 栾桂冬,张金铎,金欢阳编著. 传感器及其应用. 西安:西安电子科技大学出版社,2002
8. 常健生主编. 检测与转换技术. 第 2 版. 北京:机械工业出版社,1999
9. 洪水棕. 现代测试技术. 上海:上海交通大学出版社,2002
10. 金发庆. 传感器技术与应用. 北京:机械工业出版社,2002